清水

年齡：18歲

信奉幸福科技教的修女，在廢土中以挖掘過去的科技產品為己任，永遠會在懷裡藏著一把防身用的鐵撬，瘋狂、熱烈地對機器、過去的科技瘋狂。

世紀 商

Bookseller in the lost world.

天乙真慶

在幸福科技教中擔任主教，在人前都戴著防毒面具。
曾為了讓妻子對自己露出笑容，開始試著寫作，最後
投身幸福科技教。

年齡：40～50歲左右

世界商

Bookseller in the lost world.

GOBOOKS
& SITAK
GROUP©

GOBOOKS
& SITAK
GROUP©

三日月書版

三日月書版

世紀末書商

Bookseller
in the
lost world.

八千子

illust. 淺也井

3

Contents

〈玫瑰的名字〉（原著：安伯托．艾可）

1

許多個季節前，一個渾身散發著怪異氣息的陌生人駕著馬車來到村裡。

起初我以為是迷路的旅行者，但是男人身上的長袍以及垂掛在胸前的金屬塊卻與尋常旅人的打扮迥異。除此之外，他騎乘的馬車還是由一個巨大的鐵塊鑄成，負責拉車的馬體型比村裡任何一隻牲畜都還巨大，肌肉上的筋脈紋路清晰可見，一些用途不明的管線刺進紅棕色的皮膚，裡面流淌著透明的液體。

在這人口不過百的小村子，凡是有外地人造訪，消息都會立刻傳遍整個鄰里。很快，馬車的周圍聚集了許多好事的村民，大家都想一睹這位怪人的真面目。

「請不用害怕。」

那個人跳下馬車。大概是看見有村民手持著草叉戒備，他用充滿磁性卻明亮的聲音說。

「我沒有惡意。」

頭罩下是一張黝黑的面孔，搭配一頭蓬鬆的捲髮，彷彿說明了男子來自遙遠的異域。

「很久以前，我曾在這座村子受過幫助。當時我正飽受飢餓所苦，若不是這裡的居民慷慨，讓我得以享用一頓豐盛的晚餐，否則我肯定早就死在朝聖之旅的路上了。從那之後，我就立志有朝一日要再回到這座村莊，答謝當初的恩情。」

說著，他走到馬車後方，將一個麻布袋放到眾人面前。

我的父親是個神經大條的人，當其他人還感到困惑時，他率先走到男人面前問道：「那是什麼？」

「是稻米種子。」

男人解開布袋，抓起一把種子放到父親的掌心。

「這是我從教團帶來，想獻給大家的禮物。如果大家把這些種子撒在田裡，等下一個收穫季節後，村裡將不會有人需要再為糧食煩惱。」

這番話讓許多人的表情產生動搖。長期以來，我們村子都因為土地貧瘠與蟲害，飽受稻穀歉收之苦，雖然日子不至於過不下去，但也沒有能填飽肚子的一天。

倘若男人這番話屬實，村子的命運將大大地改變。

「你說的這些種子，真的有這麼神奇嗎？」

父親將一粒種子捻在兩指間，嚷嚷著這些種子和平常見到的沒什麼不同。

「因為用基因改造技術培育的種子不但耐旱，也能適應各種性質的土壤，還可以主動吸收兩公尺以下的礦物質。」

「我聽不懂你說的話，但反正是好東西對吧？」

「是好東西。」

我不知道有多少人真的相信男人的話，但免費的東西不拿白不拿，村裡的大家聽了，紛紛圍上去要一把種子。

有人老實地將種子撒在自家田裡，有人擔心種子影響其他作物收成，將它們隨手扔在路邊，我父親則將它們拋到已經種不出任何穀物的廢土上。

「隨便一片土地都種得出來，這可是那個人自己說的。」父親洋洋得意地如此宣稱。我不免認為他是個傻子。

於是光陰飛逝，很快，下一個收穫季節到了。

當初那些撒下種子的土地，如今都被金黃色的稻穗所覆滿。它們結實纍纍，隨風搖曳，就像有人精心雕琢的藝術品一般，稻葉上都找不到任何受過天災與蟲害摧殘的痕跡。

於是我想起那個皮膚黝黑的男人。

當他把裝滿種子的麻布袋留給村民，準備駕車離去時，有人問他來自何方。

「黃泉八號。」

當時男人是這麼回答的。

如今我正在前往黃泉的路上，凸出地面的金屬塊構成兩條平行線，以相等的距離安插木板條，如同魚骨一般看似無盡，延綿而去。

車夫胯下的小騾子沿著這條奇異的道路繞過湖泊，又穿過森林。當遠方山巒的影子出現在視野中的同時，我也聽見了悠揚的吟唱聲。

隨著吟唱聲越來越清晰，我才發現被我誤認為山巒的東西其實是一座尖塔。

尖塔被周圍數座同樣高聳入雲的建築包圍著。我在來的路上，已經看過不少以前人留下的遺跡，所以不會感到特別意外，但那些從塔裡飄散出來的黑煙似乎在提醒我，這並不是我所認識的尋常廢墟。

在我的注意力仍被那些雄偉建築吸引時，騾車已經駛進了城中。街上大多數的人都穿著罩袍，現在我已經知道那是修士們的象徵，其中也不乏和我一樣的旅行者。從那些將道路擠得水洩不通的牛車數量就可以知道，這座城市的商業相當發達。

「您是要去還原殿對吧？」車夫問。

「應該……是的？」

大概是我的答覆有所遲疑，車夫再次問道：「您是要去接受洗禮吧？」

「是的。」

「那就是去還原殿了。所有新進的修士都是在那裡接受祝福。」

騾子的臀部上印有間隔不等的黑色條紋和數字，證明這匹牲畜是屬於教團的財產。我想類似的問題，車夫已經回答過不下數百次。

「就是這裡了。」

騾車停在一棟圓頂型建築前，車夫從騾背上攀下，獨自走入建築。周圍已不見剛才的人流，嘈雜的說話聲再度被不知何處傳來的頌歌聲取代。

等待沒有持續太久，很快，他就回到騾車，但這次身邊還跟著一個穿著黑長袍的少女。少女說，她的名字是清水。當我握住她伸過來的手時，一股油膩的觸感立刻從掌心傳來。

告別車夫後，我隨這名親切的少女走入建築。

廊道的視線昏暗，也沒有安置火炬或油燈的地方，但天花板與牆面的交界縫中卻發散著不可思議的光芒，搭配那些被安置在兩側的機械裝置與牆上繪有複雜線路的藍色圖紙，更凸顯了整座聖殿的莊嚴氣息。

我一面讚嘆教團對裝修的講究，一面猜想那些裝置和藍圖的用途。儘管在正式啟程前，我打聽了不少關於科技教的豐功偉業，但實際用肉眼見證的感覺果然還是完全不一樣。

「請問這裡為什麼叫作還原殿呢？」路上，我向清水問道。

「每一個新進的修士在來到這裡前，都從外面的世界感染了許多對心靈不好的病毒，為了讓每位兄弟姊妹能回到像剛出廠一樣的純淨，我們會讓他們在這裡接受系統還原。」

「妳說的系統還原，具體上該怎麼做呢？」

「你知道機僕嗎？和製作它們的方法類似。透過電擊刺激腦部，並切除腦部會產生不良情緒的部位，必要的話，也可以透過將身體的一部分改成機械組件，拉近自己與萬機神的距離。」

「聽起來有點……怪異？」

事實上我嚇死了。別說什麼電擊了，光是聽到要把腦袋剖開，我恨不得立刻拔腿就跑。

「別緊張，只是開玩笑而已。」清水露出調皮的笑容說：「除非本人自願，或是主教和貫首認定有必要，否則我們不會隨意改造人類的身體。三千世界恆河沙數，自由意志是神明替人類編寫的贈禮，不需要採取這麼極端的方式，一樣可以榮耀萬機神。」

我們的腳步聲在長廊持續產生迴盪。

「所以還原儀式其實只是一種象徵。幫助你釐清這個時代人類的使命，同時也讓你和過去愚昧的自我道別。」

「原來是這樣啊。」

我愣愣地點了點頭。清水的答覆根本沒有解決我心裡的疑惑。

「待會兒進房間後，請隨意挑個位子坐下。你很幸運，平常儀式是由我們其他兄弟姊妹負責，但今天是主教親自主持。」

清水抽出袖子裡的鐵撬捅了我一下，我跌跌撞撞地摔進房間，緊接著門被關上。我試著轉開門把，卻發現怎樣都打不開。

離鄉背井只為了加入科技教。我開始懷疑這是不是一個餿主意，但眼下也沒有離開的方法，我只能遵循少女的話，找位子就坐。

整個空間比走廊更加黑暗，一排排座椅上也有幾個衣著和我相似的旅人，大家都帶著困惑的表情。牆上掛著一面巨大的白布，每一張椅子都朝向那面白布。

忽然，白布上出現一個女人的身影。女人只露出上半身，胸部以下的部分則被一串快速移動的文字截去，同時在她的身旁還有一幅不停產生變化的畫像。

『那麼下一則新聞為您報導……』

隨著女人如此說道，白布上的畫像又變了，變成一座騰空飛起的鐵塔，下方伴隨火光，噴出大量的煙霧。我不知道女人去了哪裡，卻還聽得見她的聲音。

我想那個女人應該也是科技教的人，因為她說的每一句話就像清水一樣讓人費解。儘管我反覆聽見「火箭升空」這句話，卻完全不懂這句話的涵義。

「這是新聞，以前人留下來的。」

就在感到困惑時，我聽見身旁的人這麼說。

「新聞？」

我側過頭，發現說話的人是一名少年。

「什麼是新聞？」

少年對我眨了眨眼睛，解釋道：「以前人會用錄影的方式把最近發生的事情紀錄下來，播放給其他人看。」

「錄影？」

「就是你現在看到的畫面。這是一間電影院。」

「什麼又是電影院？這裡不是還原殿嗎？」

「播放電影的地方。」

「好吧……」

我本來還想追問什麼是電影，但總覺得繼續死纏爛打會引起少年不快，再說後面的人已經開始踹我的椅背了，我只好閉上嘴巴，專心欣賞這個被稱作電影的連環畫作。

同樣是一張布，是如何不停改變上面的圖畫呢？在整部電影播放的過程中，我不停思考這個問題。可是就像電影裡面出現的汽車、除濕機、積體電路，光是記下這些嶄新的詞彙，對我而言已經是種考驗，更別說驅使他們運作的原理了。

許多畫面快速在我眼前掠過。一名農夫駕駛飛機，從高空替自己的田地灌溉，看見那些籽粒飽滿的穀物，我想起故鄉的稻穗。

對以前人而言，生活裡充斥著這些不可思議的造物好像是很自然的事。

電影結束，室內燈光亮起，我仍沉浸在過往科技與文明帶來的餘韻中，久久無法回神。

「我想就是這一天，各位已經期盼了許多年。」

直到沉穩的嗓音將我拉回現實，才發現不知何時，白布前已經站著一個穿著紫色長大衣的男人。

他環視在座的每個人一遍後，繼續說：「因為每過一段時間，都會出現一個革命性的發明，一個可以改變一切的發明。」

男人的臉上戴著奇怪的面罩，幾乎只露出雙頰以上的部分，但是當他一開口，室內所有人的目光便聚集到他身上。

和車夫與清水一樣，他的胸前也掛著類似的機械零件。

「倘若在你的生命中，能參與或見證一項技術的復甦，那是相當幸運的事，更幸運的是，你還有能力將它推向全世界。」

畫面再度亮起，這次呈現在白布上的是一個形狀扁平的小方盒。

「以上這段話，恐怕還沒辦法取得在座任何人的共鳴。因為，它出自舊時代曆二零零七年，一個被稱作智慧型手機的產品發表會上。我之所以知道，是因為教團裡有人找到當初留下的影像，並成功將紀錄還原，就像各位剛才所見的，名為電影的發明一樣。」

更多的陌生詞彙出現，我相信我絕對不是唯一一個被這些字詞絆住思緒的人，因為在白衣男人的話剛說完，便有人問道：「那些畫是怎麼印在白布上的？」

「不用心急，我的兄弟姊妹們，我保證這些問題很快就會得到解答——而且是由你們親自替自己解惑。我的名字是天乙真慶，在這之前，我想先聊聊……不是談論人類的過去與未來，而是現在，我想知道讓我們相聚於此的契機。」

他舉起手，指著我身旁的少年。

「這位少年，你能告訴我嗎？」

那名少年抓起放在椅子旁的金屬棒，借助它當拐杖，吃力地撐起身子。我還在猶豫是否該攙扶他時，他已站定身，並將褲管稍稍捲起。

「……呃，我想治好這隻腿？」

看來並非所有人都跟我一樣對過去的科學技術充滿好奇，例如這名少年就是為了得到教團的賜福才選擇入教。

男人稍稍瞇起眼睛，走到少年面前單膝跪地，向他問道：「能讓我看看嗎？」

這個舉動著實讓所有人都嚇了一跳。在這裡的每個人雖然都是科技教的信徒，但在正式加入教團前，恐怕地位連幫人倒尿壺的小童都不如，可眼前的男人，竟然甘願為素昧平生的少年彎下膝蓋……

「天乙真慶導師，您在做什麼！」

緊閉的門扉被推開，清水衝進來擋在男人與少年面前。

「導師？」

「我只是想確認這位少年的傷勢。」被喚作導師的男人瞇起雙眼，我感覺得到面具底下的他正露出笑容。

「作為主教，請您更加注重自己的身分！這種工作由醫技人員負責就好！」

我這才明白，原來清水所說的還原儀式早就開始了。而這位身材高瘦的男士，正是將要協助我們脫胎換骨的人。

〈威尼斯商人〉（原著：莎士比亞）

1

我的雙掌著地、雙腿跪地，維持這個姿勢已有數小時之久，但這是師傅的命令，我沒辦法違抗，只能繼續忍耐。

今天一大早，我陪同師傅到市集擺攤行商，現在太陽已經高懸天頂。這段時間別說是吃的了，我連一口水也沒喝。我感到口乾舌燥，不停發出乾咳。

「師傅……」

「想喝水嗎？」

「我什麼時候能休息？」

「等魚兒咬住釣竿之後。」

說著，他從寶特瓶裡倒了一些水在手心，盛到我面前。

我實在太渴了，只好伸出舌頭，用牲畜的方式喝水。水從師傅的指縫間流下，到頭來根本喝不到多少水。

在人來人往的市集裡，他這麼做無疑是對我的羞辱，但師傅就是這樣的人。

「我知道你一直都以作弄我為樂，但難道你都不會感到丟臉嗎？」

「沒辦法啊，我也沒想到在這裡擺攤連椅子都要自己準備。辛苦你了，小學徒。」

「不要拍我的屁股。」

此刻，那個教授我讀書寫字的男人正坐在我的背上。

我不知道這樣的折磨還要持續多久。

「在這座城市，奴隸買賣相當盛行。身為奴隸，被當作器物看待是理所當然的。正所謂入境隨俗，我也只是在奉行這個道理罷了。」

「聽你在唬爛。」

放眼望去，許多穿著華美的行人身後都跟著替他們提行李的奴隸，在這之中還沒有人遭遇到如我一般的待遇，何況我根本就不是奴隸，是書商學徒。

但這應該就是師傅的目的吧。透過這種譁眾取寵的方式吸引來往的路人目光，如此他們就會願意多看攤位幾眼。

不過，我還是不懂師傅為什麼要在這裡賣書。

這些人都看不懂字，就算書擺在他們眼前，他們也不屑一顧。

如果真的要做生意，大可直接去打聽城裡有哪戶人家識字，直接登門推銷。

「你說得對。」師傅說。「但書商做的，是書的買賣。買賣不是僅有『賣』而已。」

我還沒搞清楚師傅的話，就聽到他悄聲說：「看吧，來了。」

我轉過頭，看見一個年紀與我相若的男孩蹲在師傅的攤位前，盯著那些書瞧。他的皮膚白淨，帶點亞麻色的頭髮微微捲起，一看便知是富貴人家的公子。

「歡迎光臨。」師傅微笑道。「如果有興趣，都可以隨意翻閱。」

男孩望著師傅，接著又低下頭盯著其中一本書封，像是在猶豫。

「只是看看而已，不用收錢的。」

男孩點頭，但就在伸出手的同時，遠方傳來叫聲。

一個蓄著鬍子，戴扁帽的男人踩著滑稽的步伐一路跑來。在他的身後還跟著一個骨瘦如柴的少年，對比男人一身的珠光寶氣，只穿著麻布衣的少年顯得相當寒酸。

大概是奴隸吧。我想。

「傑西！」

傑西似乎是這位對書有興趣的男孩名字，他側過頭，也向男人喊了聲：「爸爸！」

「你這小子，一沒注意就跑哪裡去了？」

男人面紅耳赤，原以為他會為此責備兒子一番，沒想到他反而轉過身去，踹了那個奴隸少年一腳，罵道：「你這沒用的東西，不是要你替我看好傑西嗎？眼睛是扔進豬圈裡了是不是？」

被他毆打的少年只能縮起身體，不停喊道：「對不起，我知道錯了……」

「爸爸，別再打輪子了。你看，這裡有書呢！」

男孩拿起剛剛那本書，咧嘴笑道。

「是，我知道，我都看見了，但先等一等好嗎？這小子沒看好你，得讓他接受處罰。」

男人對奴隸少年又打又罵。不過師傅也說了，在這座奴隸買賣盛行的城市裡，毆打奴隸是很正常的事，就算對方是小孩也一樣，因此沒有任何路人阻止。

相比起來，坐在我身上的師傅反而比較引起路人注意，尤其是女性。

「爸！」

男孩再次出聲，攤開手上的書，大概是想展示給父親看，轉移他的注意力。

我的眼角餘光似乎瞥見師傅的嘴角上揚。

忽然，男孩手中的書頁脫落，數十張紙散落一地。男孩張大嘴巴，瞪著地上的書頁，我看見他的父親也露出同樣的表情。

「沒用的東西！」

男人咒罵道，接著又踢了奴隸少年一腳。

我心生愧疚，畢竟我心底很清楚那本書之所以會散掉，絕對不是奴隸少年，也不是男孩的錯。

師傅笑得更開心了。

2

「本來就不是多有價值的書，不需要放在心上。」

以一般的民宅而言，男人家的餐廳相當寬敞，傢俱擺設明顯用金色的塗料重新上過漆，也因為如此，隱約流露出一股庸俗的氣息。

「不不不，這對柯羅諾斯先生太不好意思了。別看我這樣，就算只看得懂數字，書的價值我還是知道的。兒子調皮，確實是我管教不周。」

「所有喜愛書本的人都值得尊重，公子也是一樣。能與兩位同桌用餐，是身為書商的榮幸。」

師傅舉起裝有漿果酒的高腳杯，向男人致意。我尚未成年，而且討厭酒味，所以我的杯子裡是普通的果汁。

「你雖然是為書商，不過和我所知道的書商不太一樣。你整個人散發的氣節，不是那些蠢貨能比的，一看就知是真正懂書的人。」

「過獎。我想，我只是來不及把這一身油墨洗去而已。」

「哈哈，果然還是這麼客氣。」男人抓著鬍鬚笑道。

這些無聊的社交辭令，我已經聽師傅說過不下百遍，但每次與師傅交談的對象總是會被逗得樂不可支，真讓人費解。

還記得稍早之前，男人提到他在這座城市裡經營錢莊，性質類似舊時代的銀行，負責借錢給別人，再透過收取高額利息牟利。

錢莊的名字是「有錢的夏洛克」，正是以男人的名字命名。相當直白，而且毫無品味。

「所以，是什麼風把你們師徒二人吹到這裡來的？」

「我們只是在旅行。途經這座城市，便順應流行，學習城裡人擺攤，賺取旅費。沒想到一天下來，連一本書都沒賣出去。」

「因為大多數人都是蠢貨，不懂書的好。」夏洛克敲了敲自己的太陽穴說：「就是因為這些人沒有書，所以沒有智慧，才會一輩子都得當個死窮鬼。」

「你說得對極了。」師傅垂下眼簾，笑了笑。

四個人圍著餐桌，除了兩個大人和我以外，夏洛克的兒子傑西也列席其中。我偷偷觀察他的一舉一動，他一手托著下巴，另一手拿叉子，反覆刺著餐盤上的雞腿。

看來他也跟我一樣覺得無聊。

「爸，我吃不下了。」終於，他放下刀叉。「我想出去玩，這隻雞腿我可以給輪子嗎？」

「給他吃那麼好幹嘛？」

夏洛克不悅地說，但兒子顯然沒有理會老爸的打算，抓著雞腿就溜出飯廳了。

我心生羨慕，無奈這是別人家，在獲得主人應允前擅自離席是相當失禮的事。我陪同師傅去過許多都城的老爺家做客，這些繁文縟節我相當清楚。

我忍不住嘆息，卻不小心忘記控制音量，我立刻摀住嘴巴，無奈已經太遲了。

「小書商，你也想出去玩嗎？」

夏洛克帶著父親般的笑容向我問道。

「不，我……」

我觀察師傅的表情，他卻連正眼都不瞧我一眼，顯然是要我自己決定。

既然如此，那就恭敬不如從命了。

離開飯廳前，我向夏洛克道謝，謝謝他招待我豐盛的一餐，同時也感到些許的愧疚，畢竟我只是受不了餐桌前的氣氛，並不是真的想出去玩。但話已經說出口，我也沒理由回去。

走出宅邸，天色還算明亮，師傅的書都放在牛車上，我無事可做，索性就在院子裡曬太陽算了。

我走到後院，正在盤算待會兒該在哪裡睡午覺時，一個醒目的鐵皮棚子吸引我的注意。

棚子下有兩個少年，其中一個是傑西，另一位則是剛剛在市集裡被夏洛克毆打的那名奴隸，記得是叫做輪子。

「輪子啊，這隻雞腿是我特地拿來給你的，你不要全給公爵吃了。」

「威尼斯公爵的身子這麼小，吃不了多少肉的。」

兩人專心交談，沒有注意到我，直到我出聲，傑西才像嚇了一跳，轉過身來。

「嘿。」

「什麼嘛……原來是書商啊。我以為你正在跟爸爸吃飯呢。」

我只是書商學徒，還不是書商。可惜我沒有其他名字了，所以只能順理成章地接受這個稱呼。

「你們在聊什麼？」我問道。「背後有什麼嗎？」

「什麼都沒有！」傑西立刻回答。

「是喔。」

既然對方不想說，我也不會勉強，我就是這麼一個個性隨和的人。

吱吱——

「哇！不要這時候叫啊！」

隨著少年的驚呼，我看見一隻灰色的倉鼠從輪子的背後鑽出來，跳到我的面前。倉鼠睜著黑豆大的眼睛盯著我看，鼻子不停抽動。

「只是隻倉鼠而已嘛。」

我原以為兩人窩藏的是什麼珍奇異獸，想不到只是掌心大的小倉鼠。

「太無禮了，快向威尼斯公爵道歉！」傑西鼓著臉頰說，這個舉動也很像倉鼠。

「對不起。那麼威尼斯公爵有什麼特別之處嗎？」

「沒有，牠只是普通的倉鼠。」

我想也是。

威尼斯公爵彎下圓滾滾的身體，又跑回輪子身邊，輪子將傑西吃剩的雞腿肉撕成細絲餵給牠。

「威尼斯公爵是我撿到的，可是爸爸不肯讓我養寵物，所以我請輪子幫我照顧牠。」

我點點頭，向那個正在餵倉鼠的少年問道：「身體還好吧？」

少年歪著頭，困惑地看著我。

「今天看你被打得很慘。」

「喔，還好啦……」他的視線瞟向傑西。「是我不對，沒看好少爺。」

「爸爸就是這樣，常會把氣出在他身上。」傑西也以理所當然的口氣補充道。

我觀察輪子的四肢，的確有很多瘀傷，看得出是被藤條一類的東西抽打的。他身上的麻布衣上有許多補丁和蟲蛀的痕跡，腳上還拴著鐵鍊。

「所以你住在這裡？」

輪子面露難色，傑西立刻代替他回答：「他是因為被爸爸處罰才待在這裡，不然奴隸有自己的房間，威尼斯公爵也住在那裡。」

倉鼠似乎聽得懂自己的名字，又吱吱叫了一聲。

傑西告訴我，輪子是他父親夏洛克在奴隸市場買到的孤兒。由於孤兒的命賤，飼養越久消耗的成本越高，因此奴隸主都會想盡辦法把孤兒脫手，輪子當初就是作為債務的抵押品被帶來家中。

「所以輪子一直都很感謝我爸爸。是吧？」

「是的，我之所以能獲救……都要感謝老爺。」

說完，輪子深深低下頭，就連他的頭頂都有被火燙過的痕跡。

大人們的餐敘結束，已經是黃昏時的事了。一頓午餐能被吃成晚餐，我真的很佩服成年人浪費時間的能力。

「不全然是浪費時間，與夏洛克先生的餐會很愉快。」

師傅背對著我，正在用旅館提供的濕毛巾刷洗身體。我坐在地毯上，因為他是個小氣的人，所以訂了只有一張床的房間，我想這張地毯就是我今晚的床鋪了。

「他是個愛書的人，對書也有自己的品味。」

「那種粗俗的傢伙應該只會看寫真集傻笑吧。」我回道。

「不，他是真的相信書本具有力量，還擁有不少藏書，就只差在不識字而已。」

「……不識字？」我愣住了。「那他買那麼多書幹嘛？」

「他相信只要擁有書就能獲得智慧。」

「你的意思是，那些書對他而言只是裝飾品？」

「可以這麼說。」

「那你跟他聊那麼久到底是為了什——」

「小學徒。」師傅打斷我的話。「書是一種藝術品，就和畫作與雕塑一樣，價值從來都不是取決於有多少人讀懂它，而是有多少人相信自己讀得懂。」

「……是沒錯。」

「我聽說夏洛克先生有一本非常稀有的書，就收藏在他的宅邸裡，許多書商曾經開出天價，想向他收購那本書。」

師傅披上襯衫，一邊扣鈕釦一邊說道。

「可是無論價格出得再高，夏洛克先生都沒有答應，甚至連一眼都不讓人多瞧，所以就連我都對那本書的存在感到懷疑。剛好，我聽說夏洛克先生的兒子也和他父親一樣，對書抱有濃厚的興趣……」

「所以你才在市集賣書，你原本的目的就是要引誘他們父子倆上鉤？」

師傅向我微笑道：「我是書商，只會用合理的手段向人買書。」

「所以你們已經談成了？」

「不，當然沒有。再說，這次做生意的對象不是他，是你。」

「我……？」

師傅說的話，我偶爾……不對，我常常聽不懂。

「是要我買一本一模一樣的書給你嗎？那至少要告訴我那本書名叫什麼吧？」

「夏洛克先生的藏書，我想想……記得是《安妮的日記》吧。」

「《安妮的日記》？那本書應該我記得很暢銷，也不難找到，不是嗎？」

「是的，畢竟曾被翻譯成幾十種不同的語言，在其他典籍中也反覆被提及。不過夏洛克先生手上的那一本是荷蘭文版，是最稀有的初版印刷書。」

啞口無言。

以前，在書被大量印製的年代，暢銷的書不僅會反覆印刷，還會銷往世界各地。其中有一些書剛出版時還沒有受到廣大關注，後來才因為某些契機爆紅，這種情況，常導致那些稀少的初版書價值水漲船高。

對我來說，除非刊載內容相異，否則追求初版書一點意義都沒有。不過世界上就是有很多像夏洛克先生一樣的藏書家，不管是不是真的看得懂書，也會把稀少的初版書當作珍寶看待。

「反正你的意思就是要我說服夏洛克先生，對吧？我說，這也是給學徒的試煉嗎？」

「看你怎麼想都可以。」師傅又露出討人厭的笑容。「把這當成一場遊戲會比較輕鬆，我很喜歡《龍與地下城》呢。」

「那你的預算是多少？」

師傅走到書桌旁，拿起掛在椅子上的外套，從裡面掏出一疊發票遞給我。

我清點了一下，一共有二十張。

「你說那本書很稀有，二十張就能買到了？」

「聽說拍賣場上最後一次的成交價是七百張發票。」

「拜託你去死吧！」

如果說這世界上有什麼比師傅更惡劣的生物，那肯定是正在笑的師傅。

「別這麼激動嘛。所以我就說把這個當作是一場遊戲了，如果你成功弄到那本書，不就證明你已經可以獨當一面了嗎？」

「你只給我二十張發票，這跟要我用偷的是同個意思。」

「我可沒這麼說。我們是書商，不是匪徒，除非你自認還披著拾荒者的皮。」

師傅粗魯地抓了抓我的頭，我立刻把他的手甩掉。

「生氣了？」

「沒有。」

「還是今天那個奴隸少年讓你想起那棟房子裡的事了？你還沒忘記那個女孩嗎？」

「你敢提起她的名字，我就割開你的喉嚨。」

「在你把牙齒磨利前，我拭目以待。」

我憤恨地注視著那男人的背影。即使我稱呼他師傅，也不代表我對他有絲毫敬意。因為每一次都是如此，明明是個壞事做盡、無可救藥的人渣，卻總能帶著自以為是的笑容，繼續說著連自己都不相信的謊言。

對他而言，所有人都只是讓他達成目的的工具。

我的師傅，就是這樣的人。

「那麼，我期待你的表現。」

所以我絕對不可能讓他得逞。

我要用自己的方式，買到那本書。

3

清早，我揹上書包，前往夏洛克的宅邸。

在抵達正門前，會先經過宅邸的後院。隔著木頭籬笆，我看見傑西端著一個碗，正好從後門走出來。

我出聲招呼，他立刻熱情地回應道：「是書商啊！」

我把背包扔進院子裡，翻過籬笆。傑西朝我跑來，手裡的碗裝著牛奶，牛奶湖的表面飄浮著糊狀的食糜。

「這是什麼？」

「我的早餐。」他說。「不過吃不完，所以我拿來給輪子。」

「跟雞腿一樣呢。」

「因為我的食量小嘛，但爸爸又不聽，每次都要我多吃一點。」

我跟他走到棚屋，輪子正坐在地上和威尼斯公爵玩。我向兩位道早安。

「你昨晚也睡在這裡嗎？」我向奴隸少年問道。

他點頭。「處罰還沒結束，不能回屋子裡。」

「幸好有威尼斯公爵陪你。」

傑西笑著說。將碗放到地上，接著又用腳尖推往輪子的方向。

「真的，可惜牠不會抓蟲。」

輪子捧起碗，開始喝那碗牛奶。威尼斯公爵好像聽得懂他的話，發出了吱吱的抗議聲。

「處罰到多久？」我問。

「不知道。那個……老爺有說嗎？」他看向傑西。

「沒耶。」

我們之間維持短暫的沉默。

沉默並不需要任何複雜的理由，純粹是傑西和威尼斯公爵玩了起來，而輪子得把那碗牛奶喝掉。

牛奶是很奢侈的食物，至少要找到能正常生產奶水的奶牛不是一件容易的事。因為容易腐敗的關係，市場上很少看見有人販賣新鮮的牛奶，就算有，價格往往也很不合理。

「走吧。」不久後，傑西說。「天氣開始熱起來了。」

輪子的腳還被鐵鍊拴著，所以這句話顯然是說給我聽的。

「嗯。」

那碗牛奶還沒有喝完，輪子把它放到一旁，威尼斯公爵趴在碗緣邊，抽動鼻子。

「最好不要給倉鼠喝牛奶喔。書上說的。」

離開前，我提醒輪子，他才慌張地端起碗把牛奶喝光。

我不知道傑西在早餐桌前掙扎多久，但老實說，當他把碗踢到輪子面前時，牛奶早就發出腥味了。

「你們家可真大。」

昨天我一直都待在餐廳，沒機會到屋子裡的其他地方。

「我也這麼覺得，只有我和爸爸兩個人住太大了。」

我想，某扇門扉後面肯定是夏洛克的書房。我沒有在動歪腦筋，只是想像而已，我得相信那本《安妮的日記》真的存在於這棟宅邸的某處。

我們爬上二樓，走過一個曲折的迴廊，傑西推開一扇門說：「這是我的房間。」

地上有散落的玩具，還有一些肉眼可見的餅乾碎屑。床上的被單色彩鮮艷，和窗簾是成對的款式。但這些都不是什麼值得單獨提出來的特色，充其量也就是比平民百姓家更寬敞，傢俱更豐富一些，是再普通不過的兒童房。

唯獨一點例外。

房間裡有一整面的書櫃。

「你真的很喜歡書呢。」

「是啊。」傑西自豪地挺起胸膛。「爸爸說只要擁有越多書，人就會變得越聰明。」

「這些書你都讀過了嗎？」

「讀？」

「就是翻開來，把上面的字看懂、看明白。」

「為什麼要這麼做？」傑西歪著頭問。「那很浪費時間吧？而且我又看不懂。」

「因為這才叫讀書。」

看來傑西也被他父親灌輸了錯誤的觀念，認為書只要放在櫃子上就能發揮效果。如果天底下真有這麼好的事，那我這幾年努力學認字不都白費工夫了嗎？

「正好我帶了幾本書來，有興趣的話稍微翻翻看吧。」

我從書包裡拿出幾本書。

這些書是我出門前，瞞著師傅偷偷從車上拿來的。既然他不肯給我多餘的預算，我只好自己想辦法，反正我也沒有要把他的書賣掉，就只是借一下而已。

「可是我又看不懂。」

「可以挑比較多圖的書看。不要管那些字，光是看圖也很有趣的。」

我將那疊書放到傑西的床上，傑西照我的話，挑了一本幾乎只有圖的漫畫書，翻了幾頁後笑了出聲。

「這好有趣喔！而且我真的看得懂耶。」

「就說吧。」

架上擺滿了藏書，趁傑西看書時我快速掃視一遍。這些書並不是依照類型或出版年分排列，而是書脊的顏色，所以商業理財書也有可能跟童書擺在一起。其中沒有價值特別高昂的典籍，至少沒有一本書能喊到七百張發票的高價。

《安妮的日記》不在這裡。理所當然。

我轉過身，發現傑西手上的書已經變了，他正在讀一本厚重的小說。

心生好奇，我忍不住彎下身看他讀的書是哪一本。

書名是《美麗新世界》。

注意到我的視線，傑西放下書，不好意思地搔了搔頭說：「我很好奇這麼厚的書到底都在寫些什麼，就想翻翻看，果然還是一個字也看不懂啊。」

「沒關係，就算看得懂字，這本書也不好理解。裡面提到許多舊時代的科技還有社會的階級制度，我也不清楚是不是真的，但比起小說，更像是一本史書。」

「哇，你讀完了嗎？」

「沒有，我只有看過書背上的簡介而已。如果你有興趣的話，我可以唸給你聽。」

「真的嗎？太好了！」

傑西興奮地在床上又蹦又跳。

我無所謂，這本書我本來就沒有讀過，現在只不過是把看到的句子唸出來而已，不會很麻煩。

「啊，但要是我渴了的話，你要倒牛奶給我喔。」

「這是小事！」

我拉開書桌前的椅子，開始誦讀書裡的內容。這本書中有不少我沒聽過的新名詞，像是「坡坎諾夫斯基程序」，光是把這個詞讀對就很困難了，要理解這項技術更難，我反覆讀了三遍才搞清楚作者想表達的意思，而同樣的段落傑西更是要我複述五遍以上。

但撇除這些繞口的詞彙，故事本身還是相當有趣。那些機械還有科技，都是其他書本不曾提及的發明，倘若它能把細節描述得更清楚一些，應該會是一本對復興人類文明相當有幫助的典籍。

我的口述能力不好，再加上我們兩人一個是文盲，另一個則是書商學徒，因此閱讀的速度相當緩慢。

轉眼間，烈日高懸，一個上午過去，我竟然只翻了幾十頁而已。室內變得悶熱，得到傑西同意後我推開窗戶，一股熱浪襲來，看來外頭也沒有好到哪裡去。

我忽然想起，輪子還待在那個鐵棚下。

「現在太陽那麼大，輪子不要緊嗎？」我問道。

「他常被爸爸綁在那裡，應該很習慣了。」

「威尼斯公爵呢？」

「……啊！」

我們交換眼神，接著匆匆收拾書本。

來到戶外時，輪子就倒在棚子下，身旁擺著空碗。

「輪子，你還活著嗎？」

傑西輕輕踢了他的膝蓋一腳，輪子嚇了一跳，急忙坐起身。

「哇！怎麼了嗎？少爺。」

「書商以為你死了。威尼斯公爵呢？」

「威尼斯公爵在這裡。」輪子從一旁的乾草堆翻出倉鼠，將牠捧在掌心裡遞給傑西。「可是

牠好像很久沒喝水了，看起來很沒精神。」
「怎麼會！你難道都沒給牠水喝嗎？」
「那是因為——」
輪子腳上的鐐銬發出金屬碰撞的聲音。
「我趕快去找水餵牠！」
輪子的話還沒說完，傑西就拋下我們往屋裡奔去。我望著他消失在門的另一端，接著「砰！」厚重的門板聲傳進耳裡。
「真是難為你了。」我對身旁的少年說。
「有什麼好難為的？」
我聳聳肩。「各式各樣的事。我多少也能理解，以前我也過著差不多的生活。」
「抱歉，書商先生……我、我還是聽不太懂。」
「沒關係，就當我是自言自語吧。」
過去的事我不想多談，現在的事則是沒什麼人能談。自從當了學徒之後，我的生活幾乎只剩下陪師傅行商和看書，對輪子而言，這些都不是什麼能引起共鳴的話題。不過我還是想找機會跟這位奴隸少年多聊聊，因為我需要夏洛克家的情報，越多越好。
我不會說那是同情心，絕對不會。

「我們剛才在樓上看書。」我說。

「是喔。」

「在讀一本有趣的小說。傑西不識字，所以我唸給他聽。」

「嗯。」

「你有興趣嗎？」

「興趣？什麼興趣？」

「那本書。如果你想聽的話，等等我可以坐在旁邊這棵樹下唸，這樣你也聽得見，反正傑西的房間很熱。」

「這，我、我不知道……」他語帶吞吐：「還是等傑西回來再問他吧？書是很貴重的東西，我不確定……抱歉。」

「沒什麼好道歉的，就等他回來吧。」

只是去幫倉鼠找水而已，不會花太久時間。果然，不久之後傑西便帶著活蹦亂跳的威尼斯公爵回來了。

「公爵還好嗎？」我問道。

「還好，應該只是熱昏頭了而已，現在已經沒事了。」

我將剛才的提議原封不動地轉述給傑西，告訴他我打算在樹下繼續唸故事。

「待在這裡比在你房間涼快，公爵應該也會比較舒服。」

「喔，那就照你說的吧。」

「等一下，少爺……那個，我還被綁在這裡，哪裡都去不了。」輪子說。

「嗯？有什麼關係嗎？」傑西轉頭看向我。

「沒關係，而且多一點聽眾我會唸得比較起勁。」

「你也聽到了，那就這樣吧。」

輪子立刻彎腰答謝。

「真沒想到我也有機會接觸書本，真是太不可思議了……」

別說是貧民，普通的老百姓對書根本不屑一顧，因為這些東西沒辦法讓他們填飽肚子。

在這座城市裡，輪子的身分固然是最低賤的奴隸，但光是知曉書本的珍貴就讓我對他刮目相看。

大概是因為夏洛克收藏了不少書籍的關係。輪子就算不知道書的實際用途，應該也明白其中的價值，不管怎樣，愛惜書本的人一向能贏取我的好感。

就算他和傑西身分有別，但是光從他們認真聽我講述書中內容的眼神我就明白，這兩個人對書、對故事都抱有渾然天成的濃厚興趣。

之後的每個早上，我都會跑去夏洛克家。

「那個世界的人都沒有家人呢。」

傑西常和我討論書中的劇情，當然輪子和威尼斯公爵都在。他們沒有像傑西那麼喜歡問問題，也不會打斷我說故事，不過只要我一翻開書頁，輪子就會專注地聽我說。

「因為那樣的社會比較安全啊。」

我靠著樹幹，如此回道。

「真的嗎？但是沒有爸爸很可憐吧？」

「我不知道，也許吧。」

從我這邊得不出答案，傑西只好用手肘敲了敲輪子問：「你沒有爸媽，會不會覺得自己很可憐？」

「嗯……」輪子低下頭，頓了一下才說：「我沒有想過這個問題，就算要我難過，我也不知道要為什麼難過。」

「跟你們溝通真難！」

除了家庭這種基礎的問題外，我們也會聊書裡出現的科技和藥物，有時候傑西會模仿角色的對白，逗得我們哈哈大笑。

雖然這是本小說，可是許多小說往往都是奠基於事實加以改編。當初作者在寫這本書時，究竟參考了多少那個時代背景的事情已不可考，但我寧願相信小說裡說的事情都是真實發生過的，

因為真實故事一向比較能打動人。

我和傑西、輪子還有威尼斯公爵，三人一鼠從早到晚聚在一起讀書，這讓我幾乎忘了書商學徒的本分，幸好夏洛克先生事業繁重，每天都很晚回家，不然我想他看到兒子跟奴隸並肩坐在一起聽故事的景象，肯定會氣得跳腳。

每天我都趕在夏洛克先生返家前回到旅館。師傅肯定已經知道我把他的書偷偷帶出門了，卻從來沒有當面質問我。

他坐在單人座的破爛沙發上，一手捧著書，油燈的火光在他身後的牆上投出巨大的影子。看見我，他也僅僅是說了聲：「你看起來心情不錯。」

「我的心情怎樣都不關你的事。」

師傅瞇起眼睛笑了。光是看到那副嘴臉就可以毀掉我一天的好心情。

「已經找到了嗎？」他問。

「找到什麼？」

「《安妮的日記》。」

「沒有。」我說。「別這麼著急，別忘記你只給我二十張發票。」

「所以你從我車上拿了什麼，我也能睜一隻眼閉一隻眼，不是嗎？」

他揚起頭，吐了口氣。

「我說了，你要用什麼方法弄到那本書我都沒意見，不過別讓自己做虧本生意。」

「虧本？你是說把書免費唸給他們聽嗎？沒有付出哪來的收穫，再說浪費的只有我的口水，跟你沒有關係。」

「我在關心你，小學徒。」

「少噁心了。」

我本來想索性把書包扔到地上，但又想到裡面還裝著好幾本書，只好作罷。

我背對著師傅，但那討人厭的聲音仍繼續傳進我耳裡。

「你拿走的那些書，都先讀過了嗎？」

「沒有。怎麼？」

「勸你最好先看過，不要連自己說出口的句子有什麼意義都不曉得。」

「我沒有這麼蠢。」

而且要是真的碰到這種情況，我也會讀好幾遍，反正連我都不懂的句子，傑西他們一定也看不懂，所以不會有人抗議。

「這句話我總是能從蠢蛋嘴中聽到。」

「我已經很累了，沒力氣吵架。晚安。」

我將地毯上的灰塵拍掉，倒頭就睡。不管師傅還想說什麼，我都不打算聽了。明天還要去找

傑西他們，可不能因此擾亂作息。

4

「今天我爸爸在家，去我房間吧。」

敲過門後，我站在宅邸大門前等待。不久，門開了，傑西露出半顆頭，低聲說道。

「輪子呢？」我也同樣壓低聲線。

「他在洗衣服，沒空。」

「不等他嗎？」

「等他幹嘛？」

「不等他的話到時候還要重唸，很麻煩。」

「沒差啊，你就直接唸下去就好了，不用想那麼多。」

是這樣沒錯……

我忽然想起，輪子只是奴隸。站在傑西的立場，本來就不用考慮輪子的感受，這對身為主人的他反而是件很奇怪的事。

可是另一方面，我又覺得這樣不對。

這和輪子是不是奴隸沒有關係，作為喜愛書的人，每次發現有書缺頁，都讓我感到無比痛苦，少了這些內容，我很可能就不知道整篇故事在說什麼了。

作為說故事的人，要是讓聽眾聽不懂我講的故事，那就有違書商之名。

「我想今天就先算了。」

「為什麼！」他出聲抗議。

「聽眾沒有全部到場，我沒心情唸書。」

「有、有差嗎？」

「有喔，書商就是這麼難搞。」

「那我趕快拜託爸爸讓輪子自由！」

說完，傑西便關上門。即使隔著厚重的門板，我依然能聽到他奔跑的聲音。

他所說的自由，充其量也就是一個上午的自由吧。

一個上午能唸幾頁書呢？老實說也無所謂了。我其實已經搞不太清楚唸這些書的意義了，就算我知道我是為了《安妮的日記》才接近傑西，但繼續唸下去也找不到任何突破口，說不定傑西連老爸有這麼一本藏書都不知道。

即使如此，我還是想把書唸完。

傑西帶著輪子出來了，肩上還坐著威尼斯公爵。他的手上還抓著一條繩子，繩子的另一端綁成繩圈，套在輪子的脖子上，就跟遛狗一樣。

「一定要戴著那東西嗎？」

「爸爸說這是規定，防止輪子再走丟。」

「不會吧？」

我看向輪子，但他只是深深地低下頭。

為了找一個適合的地方唸書，我們前往鎮中心。

誠如初來乍到時留下的印象，這座城市因為商業發達，所以奴隸也隨處可見。原本我認為輪子頸上的環很突兀，但仔細一看，許多奴隸的脖子上也套著類似的繩圈，有些人甚至戴著腳鐐工作。

暫且忽略他們，市集上也有許多兜售農產品的慈祥老奶奶或老爺爺，有著八字鬍的飲品小販甚至會熱心地招待客人一小杯結塊的牛奶，還不會把你手上的冰淇淋變不見。

當然，負責搬運這些商品的人也都是奴隸。

「這附近有咖啡廳嗎？」

我詢問跟在身後的兩人，傑西卻歪著頭說：「什麼是咖啡廳？」

「可以坐下來聊天喝飲料的地方。以前很流行，路上到處都是。」

「嗯……能喝飲料的地方是有，可是奴隸不能進去，只能在外面等。這樣行嗎？」

「那就沒有意義了，當然不行。」

傑西皺了皺眉，但也沒多說什麼，只是一個勁地往前走，被他拖著的輪子腳步踉蹌，好幾次都差點跌倒。

忽然，一輛牛車從轉角現身。

「少爺小心！」

輪子一個箭步將傑西撲倒，牛車司機也嚇壞了，急忙跳下車查看情況。

「沒事吧？小兄弟。」

「痛……威尼斯公爵呢？牠沒事吧？」

「少爺，公爵還好好的呢。」

倉鼠從輪子的衣袖裡溜出來，傑西這才鬆了口氣。

他握住司機的手爬起身，大概是因為有輪子幫忙緩衝，看起來似乎沒有受傷。相比起來，輪子的膝蓋和手掌都磨破了，血液從鮮紅的肌肉組織滲出。

不過，就算受傷，輪子還是用眼神示意我，要我不要告訴傑西。對他而言，這點小傷可能不算什麼吧。

「沒事就好，要是不小心害您受傷了，恐怕整車人命都賠不起啊。」

司機哈哈大笑，我的注意力因此被移到牛車上的乘客。不甚寬敞的車斗上載著三個面如死灰的人，兩男一女，他們弓著身子，臉上還有乾掉的血跡和瘀青。

「這群人是要去哪裡的呢？」

「喔，這些人啊……要把他們處理掉，因為他們打傷了自己的主人，很危險。」

「處理是指殺掉嗎？」

「是啊。小弟你是外地來的吧，看你腦子也滿機靈的，還真看不出來呢。」

「後面那句話就不必了。」

司機再度發出豪爽的笑聲，接著駕著牛車離開了。

我偷偷觀察輪子的表情，他的五官沒有任何變化。

在這座城市，奴隸買賣是很常見的事。

我們繼續在大街上閒逛，名義上是要找個能唸書的地方，可是隱隱約約中，我又能感覺到三人間存在著一種默契，一種即使今天不唸書也沒關係的默契。

「肚子餓了，我去買點吃的。」

把手伸進外套的口袋裡時，我才想起師傅有給我一疊發票。雖然這疊發票買不起書，但用它來填飽肚子綽綽有餘。

我走到其中一間賣烤串的攤位。店主戴著一頂紙做的廚師帽，看起來有點突兀，我盡量讓自己別一直盯著人家的頭頂看。

「那是什麼？」

我指著插在烤爐上的東西。那玩意兒塗滿了深褐色的醬汁，看起來很美味。

「烤蜥蜴。」

「可是這東西有八隻腳。」

「你要幾串？」

「請給我三串。」

三串烤串只花費一張發票，由此可見《安妮的日記》有多昂貴。

我和兩人會合，並把烤串遞給他們，但輪子遲遲沒有伸手，反而面露疑惑地盯著我。

「怎麼了嗎？」

「我不知道我該不該拿。」

傑西也露出相同的表情說：「我第一次看到有人幫奴隸買食物呢。」

「法律有規定不可以嗎？」

「是沒有，只是覺得很特別而已，書商，你跟其他人真的都好不一樣。」

「因為我是外地人嘛。」

我將烤串硬塞到輪子手裡，跟他說這也包含公爵的份，請他一定要收下。

我們坐在離市集有一段距離的樹下吃烤串，結果直到散會，也沒有人提起書包裡的《美麗新世界》。

5

師傅要的是《安妮的日記》還是《安妮的仙境》？管他去死，現在我只想把書唸完。不過，隔天前往夏洛克的宅邸時，傑西的態度明顯變了。

「抱歉。書商，我可能沒辦法再跟你見面了。」

我站在屋簷下，大門緊閉，傑西甚至連露個臉都不願意。

「為什麼？」

「爸爸說的……」

「夏洛克先生說的？為什麼？我做了什麼嗎？」

我在腦中快速回顧昨天發生的種種，卻想不到有哪件事會引起夏洛克的不滿。

「你沒有做錯什麼，真的……」傑西用快要哭出來的聲音說。

「還是因為輪子？是因為我讓他一起聽故事，還是因為我請他吃東西？輪子跑去哪裡了？傑西！告訴我！」

這些理由說出口，連我自己都覺得愚蠢，但在這座城市待一段時間後，我知道這絕對不是玩笑話。甚至不需要任何理由，只要夏洛克有任何不滿，他都可以拿輪子出氣。

傑西沒有再回話，但我也沒有聽見腳步聲離開。

「傑西，你還在吧。」

「我還在。」

「你不開門也沒關係，但故事怎麼辦？只剩下幾個章節，快結束了。」

我的詢問再度換來沉默。

我只好繼續說：「你應該很想知道吧？約翰和琳達回到新世界後發生了什麼事，還有那些文明人又是用什麼眼光看待他們的，你難道都不好奇嗎？」

「書商，我……」

「如果你想知道後續的話，我就在這裡，我會把後面的故事唸給你聽。」

繼續僵持下去也只是浪費時間，乾脆我就站在他家門口，把這本書唸完吧！至於要不要聽是傑西的自由，我只是很討厭事情做到一半的感覺。

我翻開上次的進度，開始朗讀書頁上的內容。

「書商，你真的不用為了我……」

我不是為了你，我自己也很想知道結局。

師傅的話言猶在耳。他說在把這本書唸給別人聽時，自己最好也先讀過，但我才沒有那個美國時間，再說，我現在不就在讀書了嗎？有沒有人聽我唸書，根本不關我的事。所以我裝作沒聽見傑西的話，大聲地把書上的每個字清楚地唸出來。

終於，門開了。

傑西低垂著頭，囁嚅地說：「我不知道你為什麼要這麼做……」

我想了想。

「因為我們是朋友吧。」

果然還是只有這句話最應景。

「嗯。」他點了點頭。「是朋友。」

接著，他邀請我進屋，我詢問他夏洛克先生是否在家，他說爸爸一早就去催討債款了，不能讓我進屋則是爸爸出門前給他的命令。

至於原因，傑西依然沒有說明。

「輪子呢？」

「在他房間。」

傑西一瞬間露出複雜的表情。

他將我帶到宅邸的地下室一個類似庫房的空間，角落擺著一個長寬只有半個身體高的狹窄獸籠，籠子裡面有個黑影。大概是察覺有人下樓，黑影不安地竄動著，發出金屬碰撞的聲音。

走近一看，黑影的真身是輪子。

我這才明白傑西的表情有什麼含意。

「少、少爺還有書商……原來是你們。」

傑西手上的燭台照出輪子虛弱的笑容。

「少爺，你看……威尼斯公爵在這裡，我有好好保護牠，沒有讓老爺發現。」

他攤開掌心，灰色的倉鼠正在悠閒地啃著瓜子。

「發生什麼事了嗎？」

「不，不是什麼大事——」

「昨天晚上，那個差點撞到我的叔叔來我們家了。」

傑西代替輪子回道。

「他帶了禮物來想道歉，因為本來就不是他的錯，是我走路沒看路，所以爸爸當然原諒他了，不過心裡還是很生氣。」

「他氣輪子沒有保護好你。因為你，所以輪子才會被關在籠子裡面。」

傑西睜大眼睛盯著我，隨後沉下臉來，點頭說：「對……都是因為我的緣故。」

我在鐵籠前蹲下，觀察輪子的傷勢。

果不其然，除了那些已成疤痕的舊傷外，他的手腳又多了許多新傷，從痕跡判斷，大概是被鞭子之類的東西抽打，幾乎要把整塊皮都磨掉了。

「痛嗎？」我覺得我在問廢話。

「還好，沒有很嚴重。」

「再嚴重一點，你搞不好就會直接被打死了。」我起身。「我記得師傅的車上有一些應急藥品，我去弄一點來給你，不知道有沒有效就是了。」

也許是輪子的經歷讓我想起了過去，就算我知道痛苦是沒辦法被比較的，可是這不代表我沒辦法從他身上看見往日的影子。

「等一下。」

但就在我轉身準備離去時，輪子叫住了我。

「不要走，好嗎？」他說。「我身上的傷不要緊，比起這個，我更想把故事聽完。」

「你確定嗎？」

「嗯，我想知道結局。好不容易聽到這裡了，我一定要知道結局才行。」

這是我第一次聽見輪子表達自己的心願，而且是關於書的願望。

我們可能真的有幾分相似。

我詢問傑西，能不能在鐵籠前讓我把書唸完。傑西二話不說就答應了，還從家裡的櫥櫃中替我翻出好幾根蠟燭。

接著我翻開書頁，從昨天的進度開始，繼續誦讀這篇故事。

「傑西，我們從沒有去過地下室，對吧？」

「嗯！」

離開宅邸前，我向傑西如此叮嚀。

傑西也和我一樣，喜歡書、喜歡這些故事，所以我相信他不是笨蛋。

只是在我的印象中，他是個對父親百依百順的孩子。別說是忤逆父親了，就連要他欺騙夏洛克先生肯定都很困難，哪怕是善意的謊言都不行。

原本我是這麼認為的，但今天，他替我開了門。

離開前，他承諾會和我一起保守祕密。

有些事情正在改變。

「今天一樣毫無進展。」

回旅館後，我向師傅報告工作進度。我還是沒有找到《安妮的日記》。

「我沒有催你啊，不用這麼緊張。」師傅笑著說。

他依然坐在書桌前讀著書稿。從我們來到這座城市後，就鮮少看他離開旅館，也有可能是因為我總是比他早出門，比他晚回家才產生這樣的錯覺。

「因為除此之外，我跟你就沒什麼好談的了。」

我脫掉上衣，逕自拿起水盆裡的毛巾開始擦拭身體。因為不想和那個人共用一條毛巾，所以平常我寧願忍著身上的油垢也不想擦澡，但今天在地下室惹了一身灰，我那無聊的矜持相較之下也顯得不重要了。

「我們能聊的可多著呢。像是那本書，你唸給那兩個孩子聽的書，你讀完了嗎？」

「只剩最後的章節，我打算明天跟他們一起讀。」

「明天、明天、再一個明天，但你的朋友還剩下多少個明天？」

「什麼意思？」

「旅行的人絕不撒謊，所以足不出戶的傻子才會嘲笑他們。」

「拜託你把話講清楚！到底是什麼意思？」

「小學徒，書對你而言到底是什麼？」

師傅突然的質問，讓我的腦筋一時間揪成一團。

「這什麼怪問題……」我碎唸道。「不就是獲取新知、排解無聊的管道嗎？」

「瞧你答得跟背教科書一樣。很遺憾，在我眼中，你和夏洛克先生沒有什麼不同。」

「你把我跟那笨蛋比？」

怒火在我心中沸騰。我已經跟著師傅旅行一段時間，但我和這個男人就是不對盤，明明我早該習慣了，但我的情緒還是會輕易被他影響。

我扔下毛巾，握緊拳頭朝他走去。

就在這時，外頭傳來人們的喧嘩聲。

我推開窗戶，探頭張望，看見昏暗的街道上有好幾個穿著制服的城市守衛。

他們手持棍棒和提燈，一邊叫罵著我聽不懂的話，在他們前方有一個人正拔腿狂奔，但那個人好像受傷了，跑步的樣子看起來有些狼狽，他和守衛的距離很快就縮小了。

「抓住了！」

「幹得好，得先讓這小子吃點苦頭才行。」

一名守衛將那個人撲倒在地，其他人立刻抄起手裡的棍棒蜂擁而上。被撲倒的人縮起身子，發出痛苦的哀嚎，但還是無法阻止守衛們繼續毆打他。

在煤油路燈的照映下，我終於看清楚那個人的面貌。

是輪子。

我茫然地站在窗台前，忽然感覺到一隻手放到我的肩上。

我抬起頭，師傅就站在我的身邊。

他面無表情地看著輪子掙扎，什麼話也沒說，但我總覺得他已經把話說完了。

6

「你的名字、職業和家鄉，還有你和這奴隸的關係都要告訴我們才行。如果沒有這些資料，就不能讓你見他。」

坐在櫃檯的事務員用機械般的語氣向我說明。

這裡是城內關押有罪奴隸的看守所，前天那輛載運奴隸的牛車，就是從這裡出發的。

「我沒有名字，職業是書商，家鄉不知道。和那位奴隸的關係……我想應該是朋友。」

「朋友？這麼說你也是奴隸？」事務員眼睛上吊，盯著我。

「不，我說我是書商了。」

「抱歉喔，只有奴隸的持有人才有資格會面。」

我踮起腳尖，看見她正在玩魔術方塊，而且只差一面就完成了。

我只好從口袋掏出那一疊發票，放到櫃檯上。

女人看了一眼，默默將那疊發票收進櫃檯裡。

「牆上的鐘指到三之前要出來。」她說。

「但那個鐘根本不會動。」

「我會記得調。」

比起浪費時間和人周旋，花錢解決永遠是最簡單的方法，我只希望自己未來不要養成這個壞習慣。

來到看守所內部，率先迎來的是一陣惡臭。

與其說這是一座監牢，不如說是獸籠，就像夏洛克對待輪子的方式一樣，看守所內的奴隸也都被關在僅能容納一個人的籠子裡。

見到有人來，這些奴隸也沒有任何反應，有的人癱坐在籠子裡，有的人把頭埋在雙腿間，每個人都像那天我在牛車上看到的奴隸一樣，失去任何生存慾望。

我穿梭在鐵籠構成的廊道間，一邊尋找輪子。終於，在看守所的盡頭，我找到那個遍體鱗傷的奴隸少年。

「輪子。」

「書商……？」他抬起頭，其中一隻眼睛已經腫得沒辦法睜開。「你怎麼會在這裡？」

「我是來找你的。昨天晚上發生什麼事？」

「我……我打傷老爺了。」

「打傷？為什麼？」

「老爺發現威尼斯公爵了，威脅說要把牠餵給野狗吃。我很緊張，所以就不小心推了老爺一下……照理來說我是不該這麼做的，我、我也不知道為什麼……」

「那公爵還好嗎？」

「……我不確定，應該是逃掉了，但不知道跑去哪裡。」

「夏洛克先生呢？」

「摔了一跤，但好像沒有受傷。」

聽輪子轉述，夏洛克就只是因為重心不穩摔倒而已，但輪子動手了是事實，所以他才會被夏洛克送來看守所。

「我知道奴隸被送來看守所會有什麼下場，書商先生，你還記得前天的那群奴隸吧？他們也打傷了主人，而他們的下場就是被運去活埋。」

「所以你才逃跑。」

「我真的好後悔，明明以前的我不可能會反抗老爺，這麼可怕的念頭，我怎麼會想到呢……」

明明我應該要替輪子感到難過的，但不知道是因為早就有心理準備，還是這聽起來太過荒謬，我的大腦反而在此時停止運作。

從他被關進來那一刻起，結局就已經注定了。

唯一在我心中孳生的情緒，恐怕只有愧疚吧。

「有沒有辦法請傑西幫忙？至少不要讓你被載去埋掉。」

「買下我的人是老爺，少爺應該沒辦法做主。而且少爺他，大概不會這麼做。」

「但你們不是朋友嗎？」

輪子神情恍惚地眨了眨眼睛，歷經幾秒鐘的沉默後，他告訴我，他現在只想知道那本書的結局。

我點點頭，告訴他我有把書帶來。

「太好了。」

他擠出開朗的表情，殷切的雙眼正催促我趕快翻開書本。

故事的尾聲，我和傑西都還沒有讀過。原本應該要等三個人都在時再讀的，可是輪子已經沒有時間了。

始終，時鐘的指針都沒有來到三。

當我闔上書本時，氣窗外的天空已經被染成一片金黃。

「故事的結局，好像不是很愉快呢。」輪子說。

「這很正常，不如說大部分的書都是這樣。結局好不好，還是讀者自己的主觀感受。」

「我聽不太懂，不過感覺你說得有道理。」

他伸展四肢，無奈狹窄的牢籠沒有給他多少空間。

「這樣一來，我就沒有遺憾了。」他說。

「什麼時候車子會來把你載走？」

「明天吧，畢竟老爺已經告訴他們要銷毀了。」

我咬住下唇，點了點頭。

「我還有很多故事想說給你們聽。」

「沒關係。能聽書商講故事，跟其他人比我已經很幸運了。」

「你不恨我嗎？」

「我為什麼要恨你？」

輪子帶著笑容反問道。

「我現在只擔心威尼斯公爵。如果你見到少爺，可以幫我問問看公爵是不是在他那邊嗎？」

「我會的。」

我伸出手，輪子遲疑了一下，最後也回握住我的手。

「保重，朋友。」

我思考該用什麼話回應輪子，但腦中浮現那些用來道別的話，似乎都不適合對一個已經不會再見面的人說。

走出看守所時，街上的商鋪幾乎都打烊了，黃昏色的天空不知何時開始飄著細細的雨絲。

一個身材高挑的男人撐著雨傘，佇立在對街。

「你是來嘲笑我的嗎？」

「只是來接你而已。」師傅將我納入他的傘下。「但如果你希望，我也不介意拿你當笑柄。」

「你為什麼知道輪子會被抓？」

「這問題不精準，你想問的應該是我為什麼知道那個奴隸會闖禍。」

我隱忍內心的煩躁，追問道：「所以為什麼？」

「答案你心知肚明。因為你給了不對的人看了不對的書，讓他們開始思考不對的事情。」

「什麼叫不對的事情？」

輪子只是因為寵物倉鼠要被抓去餵狗，推了主人一把而已。我知道在這座城市，奴隸如果傷害主人就是死罪，但換作是我，肯定也會做出相同——甚至是更激烈的反抗。

對我而言，守護自己珍惜的事物，是一種出於本能的反應。

「會這麼想，是因為你不屬於這座城市。」師傅說：「你將那本書帶入奴隸少年的生活，灌輸陌生的價值觀給他，這就是這段日子以來你在做的事。」

我讀給兩人聽的《美麗新世界》，對我而言是一本介紹舊時代科技與文化的歷史小說，但也只對我而言，是如此。

「一千個讀者眼中有一千個哈姆雷特。」

「我知道這句話。」我說。

「所以奴隸少年沒有讀錯，何況那些作者早就已經死了。」

如果我當初有聽師傅的話，老實把書看完，結局會不會就不一樣了呢？

恐怕還是不會有任何改變吧。

「如果我們賣書還要考慮會給讀者帶來什麼影響，那根本做不了生意。」

「所以我沒有要你想這麼多。」

他伸出手，我下意識閉上眼睛，感覺到冰涼的觸感輕輕刮過我的臉頰。

「只要你別為了自己以外的人難過就好。」

師傅還是我所認識的師傅。

回過頭，依然能看到醒目的看守所建築，灰色的外牆包裹著，就像一個密不透風的方塊。只要一想到輪子還在裡面，我的胸口就像被人踩住一樣難受。

我想起和他的約定。

「師傅。」

「嗯？」

「我想再去夏洛克家一趟。」

「這本來就是你的工作啊。」

我把臉上的雨水抹掉，走出傘下。

焦躁感促使我加快腳步，意識到自己正在雨中奔跑時，雙腿早已被濺起的水花淋濕了。昨天輪子被守衛追趕時，街上也是空無一人，就像現在。

來到夏洛克家時，我已全身濕透，讓前來應門的傑西嚇了一跳。

「書商？你怎麼……」

「輪子被抓了，明天就會被送去活埋。」

「等一下，我聽爸爸說輪子逃跑了，可是沒有聽說他被抓了啊！」

傑西急忙請我進屋，我告訴他昨天晚上的騷動，也順帶把看守所的事轉告給他。

聽完，傑西沉下臉，低聲問道：「除了威尼斯公爵的事以外，他還有跟你說什麼嗎？」

「沒有了。」

「這樣啊。」傑西一瞬間露出遺憾的表情，旋即轉過身說：「來我房間吧，威尼斯公爵在我這裡。」

我跟著他上樓，回到那間有巨大書櫥的兒童房。

他站在書櫃前，像喃喃自語般說道：「爸爸吩咐我，千萬不能把這祕密告訴別人。」

接著，他拉出其中一本書，書櫃竟自己開始移動。

我這才察覺，那本封面沒有任何文字的書根本不是書，而是這座書櫃的一部分。

書櫃後有一個暗室，不大不小的空間，正好可以容納一隻倉鼠和一本書。

「原來你把威尼斯公爵藏在這裡。」

話。

「嗯，這本書是爸爸的寶貝，藏在這裡爸爸肯定不會想到。」

倉鼠跳到傑西的手上，接著又一路跑到他的肩膀，在他耳邊發出嘰喳的聲音，就像在講悄悄話。

「書商，你其實一直都在找那本書吧？」

我嚇了一跳，急忙把視線從那本書移開。

「沒關係，我早就知道了，但因為我想聽你說故事，所以就算爸爸阻止，我也不在乎。」

說著，他把那本書遞給我。

「而且當你說我們是朋友的時候，我相信你不是在說謊。」

「我……」

「沒關係，不用告訴我答案。」

他垂下雙眼，輕輕搖了搖頭。

「你剛才說你已經跟輪子講那本書的結局了，也能說給我聽嗎？」

當然可以。

我本來想這麼回，可是我突然想起了那句陳腔濫調——

「不行。」

傑西對我的回應很驚訝，睜大眼睛瞪著我。

「因為一千個人眼中有一千個哈姆雷特。」

我從書包裡拿出《美麗新世界》，塞進他的懷中。

「所以你要親自讀過才行。」

「可是我又看不懂。」

這時，威尼斯公爵忽然從傑西的肩膀上一躍而下。

「威尼斯公爵！」

傑西驚呼，但公爵已經來到門邊。房門敞開著，我們原以為公爵會一路跑出門外，沒想到牠卻轉過身來望著傑西。

那副模樣，就像是在說：你在等什麼？快跟上啊！

傑西困惑地來到公爵身邊，又看向我，像是在尋求某種答案。

「看不懂也沒關係。」

我只好如此告訴他。

「去找知道結局的人，請他告訴你就行了。」

傑西堅定地點了點頭，威尼斯公爵再度跳到他的肩膀上。

雨下得更大了。

我留在宅邸，目送男孩的背影消失在雨霧中。

手中的《安妮的日記》被倉鼠咬破了一個小洞。

7

「大概就是這樣。」

故事說完了，我覺得口乾舌燥，立刻拿起身邊的水壺灌了一大口。

「什麼就這樣？」

「啊？」

「結局啊！」後座的旅伴發出抗議聲。

「結局喔……妳不覺得留一點想像空間比較有趣嗎？」

「不覺得，而且這個故事隱約有一種想對人說教的感覺，我不喜歡。」

「我以為妳會不喜歡，是因為有那討人厭的傢伙出場。」

當初會提起這個話題，純粹是紫虛一時興起所致。

漫漫長路，旅途的大半時間都在狗車上度過，駕車的我已經很習慣和無聊相處，但車上的乘客只要一沒有書看，就會開始鬧彆扭。

和城裡的那些官人老爺一樣，無聊也是她的天敵。為了與之抗衡，她所想到的新方法就是在旅途中輪流講一個故事，好排解這段漫長枯燥的時光。

當一百根蠟燭熄滅後，無聊之神才會再次降臨。

「所以，是真的嗎？這個故事。」

「如果我說是真的，妳會相信嗎？」

「我以為你跟你師傅在一起的時候，只留下痛苦的回憶。」

「差不多是這樣沒錯。」我說，「剛剛不是有兩個揹著大背包的旅人從我們身旁走過？」

「沒有印象了。」

「因為駕車的人不是妳。」

這條山路平常人煙稀少，卻是旅人來往兩地的必經之道。

與我們擦身而過的兩位旅人，年紀看起來與我相仿，其中一位年輕一點，另一位則年長一些。

他們就和所有在外流浪的旅人一樣，身著破舊的衣裝，背包上掛著各式各樣的生存工具。

「看到那兩個人一路有說有笑的樣子，算是他們給了我靈感吧。」

「是喔。」

紫虛猶豫了一下，才緩緩開口道。

「但我記得你提過好幾次，說這個世界的人沒辦法再寫書了。」

「嗯，每個書商都這麼說。」

「但你剛才不就編了一個故事嗎？雖然劇情差強人意就是了。」

因為撒了一個沒意義的謊，害我現在必須用更多的謊言彌補。

紫虛說得沒錯，這個世界上已經沒有人會寫作了——除了她以外，所以這個故事當然不是我憑空捏造的。

「那大概是被妳傳染了，腦子開始冒出很多沒用的東西。」

「你是說我的故事嗎？這、這才不是沒用的東西！」

我忍不住回過頭，看見她正鼓起臉頰，不服氣地瞪著我。這讓我想起在那個高瘦青年的肩膀上有一隻灰色的倉鼠。

「本來就是啊。再說妳根本沒資格講我吧，妳自己說的故事才是沒頭沒尾，別說結局了，根本連故事的一半都沒說完。迷路到圖書館的男人為了討好少女開始練習寫作，然後呢？他成功了嗎？根本都不知道啊。」

「因為我還沒有想好結局嘛……」

我將紫虛的抱怨聲拋在腦後，只有聊起和書有關的話題時，才能成功觸動這位旅伴的情緒。

或許這趟旅程大多都是讓人不快的回憶，但是偶爾，我也想相信故事最後會畫下完美的句點。

時隔數年，我已經想不起來那兩位朋友的名字，甚至連長相都記不得了，唯獨那隻有著響亮名號的倉鼠，我這一生大概都不會忘記。

好久不見，威尼斯公爵。

※關於《威尼斯商人》

莎士比亞於十六世紀末完成的喜劇作品。講述威尼斯青年巴薩尼奧為迎娶富家女波西亞，遂向好友安東尼奧求助，安東尼奧也因故欠了一屁股債，債主還是以吝嗇刻薄聞名的夏洛克。

「倘若還不出錢，安東尼奧就必須割下一磅肉給夏洛克」。為了拯救心上人的好友，聰明的波西亞必須想出能讓夏洛克心服口服的方法……

〈玫瑰的名字〉（原著：安伯托．艾可）

2

將我領入還原殿的修女是清水，而替我主持儀式的導師是天乙真慶，正式的職位是主教。從他們決定獻身給教團的那一刻起，就捨棄了曾經的名字。

我也是一樣，在還原儀式完成後，我被授予「尼達洛斯」的法名。

起初我覺得這名字既繞口又難記，但既然是電腦選別的結果，我也只能接受。清水說這是萬機神對我的安排，雖然我連萬機神是否存在都無法知曉。

我在黃泉八號的新進修士宿舍裡開始新的生活。清晨六點要起床前往禮拜堂，牧師或是神父或是維那（教團內部似乎仍對這些名詞存在分歧意見）……反正就是地位比較高的修道士會帶領大家禱告，並宣布教團最近的技術發展。

等到晚上九點，牧師或是神父或是維那（我不覺得他們會有取得共識的一天）會再將大家集合起來，詠唱獻給萬機神的讚美詩，祈禱祂引領我們盡快回到過往的輝煌時代。

每一項活動都按表操課。以前在故鄉時，大夥依靠太陽和月亮作息，現在則是透過名為「時鐘」的技術輔助，也因此加入教團後，我們需要學習的第一件事就是看懂數字。

更重要的一點，數字同時也是萬機神的語言，只有讀懂數字才能正確操作大部分的機械。我大概花了一天又四小時的時間才搞清楚如何活用數字系統，和我同寢室的少年卻相當不認真，我從未看他研讀數字，每一次牧師提問（我決定先統一稱呼為牧師），都是靠我提醒才讓他僥倖過關。

那名少年，就是當初坐在我旁邊的跛腳仔。

他的法名是「祇園」，和我一樣不好記，也因為和我同期入教，所以我們都被分配給清水修女，由她擔任我們的導師。

如前述所說，早上九點及晚上九點是教團統一祝禱，其餘時間則由導師各自安排。有些導師個性認真，會特地向教團借閱經典，指導學徒認讀以前人的文字；有些導師則偏向行動派，常帶上挖掘工具，帶領學徒去城外的遺跡，尋找失落的人類技術。

教團強調互助精神，因此導師和學徒的感情通常都相當緊密，導師將自己的知識與經驗傳授給學徒，學徒再將探尋或整合出來的技術回饋給導師，如此的互惠關係已經在教團行之有年。

然而，這份傳統並沒有體現在我和清水導師身上。

清水不但沒有指導我技術，甚至從未對我下達過任何指示，就連早晨和晚上的禮拜，她也時

常缺席。雖然這些活動本來就是針對教團的新血舉辦，可是看見別人的導師都陪伴在自己的學徒身邊，仍然讓我感到有些不是滋味。

所謂放牛吃草，大概就是指清水對待我和祇園的態度吧！

儘管我不曉得她的真實年齡，但她的相貌肯定是屬於一個不超過二十歲的姑娘。能這麼年輕就擔任導師的職務，說明她對教團必然有相當程度的貢獻。

「我說，清水導師什麼時候才要帶我們去外面探勘啊？」

有一次，我忍不住向祇園抱怨起清水的事，順便聊起和我們同期的其他兄弟姊妹近況。我聽說有人在廢墟裡找到還能使用的電冰箱，在教團立下一筆大功。

我告訴他這件事，是想激發他的動力，他卻打了個呵欠說：「那女人最好少來煩我。」接著倒頭就睡。

他口中的那女人肯定是指清水。作為導師，清水的確有引人微詞的地方，但我總覺得祇園對清水的不滿純屬私人恩怨，與教團事務無關。

我感到十分無奈。當初加入教團，就是想見證更多舊時代技術產生的奇蹟，而我也樂於在有才幹的人手下做事，可是不論上司或同事都是一些難以溝通的人，繼續和他們牽扯下去只會葬送我的未來。

為了達成我的理想，我必須靠自己奮發才行。

於是，我開始頻繁往來各個修道院間。就像還原殿一樣，整座黃泉八號是由許多修道院為主體建立而成的城市，每個修道院都司掌不同的職務與功能，有的院所專職解碼文本和典籍，有的院所則負責生產書籍或圖紙上記錄的發明。當初讓故鄉穀物豐收的種子，就是在農科院培育出來的。低階教士無法參與研發或試驗，只能站在走廊上隔著玻璃，觀看實驗室裡的高等修士們作業。

話雖如此，我並不感到可惜，因為所謂的研發與試驗，也就只是依循書上的指示依樣畫葫蘆。

我與這些修士們的決定性差距，就是實務經驗以及對文字的掌握力，倘若我能讀懂他們手上的書，單就熱忱，我有信心不會輸給任何人。

「很常看你出現在這裡呢。」

起初我沒有意識到對方在跟我說話，實驗室裡的一切都讓我看得入迷，直到那個人來到我身邊，我才有些不耐煩地側過頭去。

「天乙真慶主教！」

我萬萬沒想到，那名主動與我搭話的人竟然就是當初替我還原的主教。我急忙彎下腰桿，對自己剛才的不敬道歉。

「為什麼要道歉呢？你並沒有做錯什麼啊。」主教的臉上浮現笑意。

「我沒有注意到大人您……」

「那就更不需要了，在這裡並沒有位階之分，只有同樣渴求知識的人。」

「……因為我們都是機神座下的羔羊。」

我意識到主教所說的話出自何處，默默背誦出禱文。

不過他並沒有回應，只是稍稍瞇起眼睛，便把頭轉向玻璃窗。

「待在這面玻璃的另一側，是你的夢想嗎？」

唐突的問題又讓我一時不知該如何開口。

之所以常往農科院跑，是因為我在故鄉時是一名農夫，自認對農務比較了解，但其實我對機械或是能源等技術的興趣，絕對不會比農業和生物科技還少。

我赫然想起，主教自己也不隸屬於任何一間修道院。這並非意味著他沒有任何專才，而是他的才能不該被單一院所獨占。

據說，是閱讀文字的能力。

我曾和一名解碼庭的修士談過話，日常的問候語會被他們轉化為「01101000 01100101 01101100 01101100 01101111」的編碼，但主教掌握的並不是這些字串，而是紮實的舊時代文字。

不過，只是讀懂文字，能代表我的夢想嗎？

我認為真正吸引我的，應該是它們所象徵的文明才對。

「不……我想，不是的。」

「你似乎不怎麼肯定。」

「大人，以我的身分，我不該有這種想法。如果您執意要我回答的話，我希望能以告解的形式……」

由於新進修士的無知常會觸怒萬機神，因此教團允許低階修士向高階修士提出告解，無論是對舊時代技術的疑慮或是科技發展的見解，甚至是更核心本質的問題——萬機神存在與否，凡是在告解的名義下，任何危險的思想或僭越的發言都是可以被原諒的，或者說，必須被原諒。

「我願意傾聽你的告解。」

因此，主教當然會如此回應。

「這段日子，我持續觀察高階修士們的一舉一動，發現教團所說的『研發』和我想像的有落差。」我說。

「什麼樣的落差？」

「他們種植農作物，並加以改良。可是他們的每一個舉動，都是照著書上的指示做，甚至連整地、施肥這麼簡單的步驟也是！我懂的也許不多，但好歹曾是一名農夫，在我的故鄉，人們插秧播種是不需要依靠任何一本書的。」

「所以你認為修士們太過依賴書本了。」

「我知道我不該有這種想法，這是異端邪說。畢竟書是前人留下的智慧結晶，我應該對它有

更多的尊重……」

「你沒有錯。」

「咦？」

我以為自己聽錯了，忍不住看向主教。

「你還記得還原儀式那天，我詢問每個人加入教團的理由時，當時你是怎麼回答的嗎？」

「記得。」

我告訴他，村裡來了一個陌生人，那位陌生人將不可思議的種子送給我們，只要將那些種子埋進土裡，就算是種不出作物的土地也能結出金黃飽滿的稻穗。

陌生人還說，過去的世界不存在飢荒，沒有人需要挨餓，就是因為大家都種植這種經過科技改造的穀物。

「飢荒存不存在這個問題暫且不談，基因改造會不會產生不良影響也暫時不論，但以前的人確實透過改造動物和植物的基因讓生活產生變化。現在農科院正在進行的研究，就是嘗試重現這項技術。」

「嗯。」

「不過在談論基因改造之前，你知道什麼是基因嗎？」

我搖頭。「這方面的典籍我並沒有涉獵，所以……」

「但你卻早一步接觸到基因改造這個名詞。仔細想想，這是很弔詭的事。」

「弔詭？」

「你知道那幾個修士正在做什麼嗎？」

主教指著玻璃窗內，一群正在實驗桌前操作儀器的修士。除了一台巨大的機器外，桌上還擺著幾座試管架與藥劑，試管中裝著已經處理過的稻米檢體。

「他們正在利用電灑游離的方式，分析稻米的基因序列。」

「原來是這樣啊。」

其實我聽不懂。

「根據書上記載，這是一個在二十世紀末才趨向完備的技術，在這之前，人們利用更簡單的方式進行化物分析，其中一個比較代表性的例子是氣相色譜。」

「嗯。」

「不過，至今仍然沒有人能製造出可以進行氣相色譜分析的儀器，因為氣相色譜到現在依然是一個只存在於科學發展史書上的名詞，關於這項技術的細節，還沒有任何一本典籍深入提到。這樣你明白問題出在哪裡了嗎？」

我努力咀嚼主教想傳達給我的真意。

他想說的應該是人類明明掌握了更先進的科技，卻不知道較為基礎的技術很怪異吧！可惜我沒辦法取得共鳴，在我看來，明知道有更好的方式卻捨棄不用，轉而採用老舊過時方法的行為才難以理解。

「不對。」聽完我的答覆，他說。「你忽略了前因後果，你沒有想到那些先進技術的誕生是起源於人們體認到舊有技術的不足，正是因為這樣，以前人才會不斷創造出新發明，就是為了向前進。」

「我們現在不也是在這麼做嗎？」

「我們只是在走前人鋪下的捷徑，而走捷徑的後果，就是沒有人真正明白我們為什麼要這麼做，又該怎麼做。」

「大人，您說的話太難了，我恐怕……」

「尼達洛斯，你一定能明白。」

我很驚訝主教竟然還記得我的名字。

「因為你發現了連這些高階修士都沒有察覺的盲點。」

「您所說的盲點是指『研發』嗎？」

「正是如此。」他再度遙望那些實驗室裡的修士。「這群人，乃至於這整座城市，都沒有一個人能理解擁有這些技術的意義。當一項技術或發明從廢墟裡被發掘出來，人們成功啟動或是重現了它，這項技術就到此為止了，不會有人思考原理，也不會有人嘗試改良它。」

「為什麼呢？」

「因為神已經剝奪人類創造的能力了。」

「大人，您是指萬機神？」

「你真的相信萬機神存在嗎？尼達洛斯。」

在這個早晚都要做禮拜的教團裡，答案只能有一個，也就是相信。

明明是再明白不過的事實，可是當主教要我回答時，我卻遲疑了。就是這短短幾秒的猶豫，讓主教察覺我的心思。

「答案你不必說出來，我已經明白了。」他說。「不過，萬機神是否存在的辯證不需要在這裡進行，重要的是祂的存在能解釋許多事。像是透過萬機神的指引，在廢墟裡發現失落的技術；或是詠唱獻給萬機神的祝詞後，機器開始運轉。這些以人類的知識還無法理解的奇蹟，都可以用萬機神顯靈來解釋。其中，當然也包含人類的缺憾。」

缺憾是指……無法創造？

「這才是我們需要萬機神……或者說信仰的原因。」

「我好像能理解。」

「你當然能理解了。因為你我都懷抱著相同的信仰。不是嗎？」

主教離開玻璃窗前，並用眼神示意我跟上。

他還想告訴我什麼呢？很明顯，再多的言語都比不上用行動證明的決心。

1

冬天走後，妹妹突然生了一場怪病。雖不致死，身上卻會冒出許多難看的疱瘡。

自她年幼起，村裡人即說走遍了山川江海，也找不到如她這般的美女。為了不讓人看見她如今難看的樣子，妹妹整日足不出戶，夜夜都能聽見她房裡傳來幽幽的啜泣聲。

「好好一個姑娘家，如此下去也不是辦法。我知道城裡有個醫術高明的大夫，就讓村裡的大夥幫忙籌點錢，你請那大夫來幫小妹看看。」

村長如此告訴我的同時，還將一個小布錦囊塞到我的手裡。我將小布錦囊打開，裡頭裝著滿滿一袋鈕釦，我立刻磕頭答謝。

返家後，我向臥病在床的妹妹告知此事。儘管身體虛弱，卻也能從妹妹的聲音中聽出她的喜悅。

「但是哥，你有去城裡見過嗎？」

沒有，我說。打自出生起，我沒有踏出村子一步，父母親在世時，隨他們去辦事的總是腦袋

機靈的妹妹，我總是被交付在家守候的任務。

「這袋鈕釦，是村裡的大家好不容易才替我籌出來的，但對城裡那些穿金戴銀的老爺們，恐怕就連路邊的糞土都不值吧。我曾聽說他們嗜食人血，且對珍奇異事很感興趣。哥，比起鈕釦，不如帶上我織好的綢緞，也許那大夫見了會心生好奇，想見見緋灘第一織女的手藝也說不定。」

妹妹說罷，起身從櫥櫃裡取出一匹布。那是將村裡一種名叫「Kusame」的動物浸泡在松脂油裡七天七夜，再連皮帶毛剝製而成的。自古，緋灘就以編織巧匠聞名，我們家族又是並列三大家之一的名門，若非染病，否則在父母過身後，盡得其親傳的妹妹肯定能延續家族的繁榮。

我凝視著手中的布疋，它散放著透明的色澤，就像倒映在水面的星空斑斕，任誰看了都會如同見到絕世美人般為之傾倒。

然而，此行一去也許就是幾個月的陰晴圓缺，我告訴妹妹，不如我也將自己織的布一併帶去。我明白她手藝過人，但我到底也是緋灘的匠人，論工藝，即便比不上妹妹，出自我手的綢緞也絕非市面上的俗物所能比擬。

「厲害的工匠即使鑄造了九百九十九把完美的刀劍，若是在最後一柄出了閃失，這一千把武器也會變得平庸。奇人異事當是以稀少為貴，並不是數量越多越好。」

接著，妹妹奪走我所織的布疋，將之塞入自己的被褥裡，顯見她是不打算讓我帶在身上了。

如此也罷，技不如她是鐵打的事實，眼下，當是以治好她的病為重。

翌日，天未明前，我將妹妹所織的布放在漆木盒中，再用父母留下的方巾包好，就此啟程。

我坐在旅行商人駛的牛車上，隨他翻山越嶺，車輪每轉一圈，腰際上的小布錦囊便會發出聲響。渡橋時，四周已漸漸明亮起來，遙遠的彼方，聳立著一座座高度迥異的灰色石塔。

旅行商人說，那就是我所要前往的城鎮。

「就像緋灘的織物一般，這座城市也以替人治病的奇術聞名。你妹妹的病，想必能在這裡得到解決。」

村裡的老人事前有告訴我該去哪裡問診，我將原話轉告給商人，商人聽了便感慨地說：「那位大夫是這城裡的名醫，他的宅邸就建在車站旁。要想見他，若非二十四個季節，恐怕是見不上一面。」

二十四個季節已相當於我人生三成的光陰。妹妹說得沒錯，普通的金錢，市井老爺定是看不上眼的。

我心懷忐忑，向車夫道謝，裝有妹妹織布的木盒被我緊擁在懷中。

與清冷的小村不一樣，這是我第一次來到如此熱鬧的城鎮，人們穿著華美的衣服，行走於高聳入雲的石塔間，空氣中瀰漫著草藥燃燒的味道，但無論是眼珠或鼻孔，我所有的感官都像是被麻痺了般，腦子裡盡是商人所說的話。

二十四個季節的等待，妹妹的病情，有辦法等那麼久嗎？

回過神來，我已在大夫老爺的家門前站定。那棟房子，遠遠望去就像巨人的王座般，給人一種要被吞沒的不安印象。我仰起頭，牌匾上寫著我看不懂的文字，大門緊閉，我不知老爺是否在家。

但我自知沒有時間可以躊躇，在城裡多待上一天，開銷都足以讓我在村裡過上七日。

我敲了門扉，應門的是一個穿著白衣的女人，臉上掛著畫有紋樣的手巾，我看不見她的面容。

「是來求診的人嗎？」女人問，但我尚未開口，她接著說道：「請回吧，老爺事務繁重，今日已無暇再替人看診。」

「請等一下！」

在她關上門前，我斗膽踏出一步，登時眼冒金星，鼻頭還被門板撞得流出血來。

「不遠千里而來，是因為我有一件僅出於緋灘名門之手的寶物要獻給老爺。珍奇的人物會互相吸引，相信老爺見了，一定會撥冗聽聽我的請求。」

我感覺得到手巾下的她肯定露出了困窘的表情，不過我絕不能再此退縮。

這時，一個身材圓潤、臃腫，像球體的男人從深處的樓梯走下來。女人一見到他，立刻彎腰鞠躬，我知道，他肯定就是那位大夫老爺了。

女人向老爺表達我的來意。聽聞我是緋灘來的工匠，還帶了寶物進獻，他一改方才橫眉豎目的表情，笑著將我迎入某間客房。

「請在此稍作等候，桌上的茶水可隨意取用。」

老爺和侍女相繼離去，獨留我一人在房裡。漆木盒置於方桌上，我坐在名為沙發的席位，長久居於工寮和土間的我，對室內的格局還有眼前的一切都感到陌生。

不久，幾個仕女相繼進門，她們穿著一樣的白衣，臉上一樣被方巾蓋住，手裡各持一個匣子，在牆邊羅列一排。

再來，老爺也進房了。不過這次，他身後還跟著一名少女。

少女穿著及地的長袍，臉上雖然沒有方巾，卻戴著布織的面罩，遮住口鼻。我注視著那對饒富興味的雙眼，眼睛一下都不敢眨。

「從以前就常聽那些來求診的旅人述說緋灘織品有多好，但從未能親自目睹，今天總算有機會一展眼界了。」

我心想，是時候了，便將包巾解開，打開木盒。

一見到那布疋，所有人便噤口，我知道他們肯定是被震懾住了，就算是在只有日照的房間裡，那塊布還是能自己綻放出如星辰般的光芒。

「當真奇異！」老爺問道：「緋灘的布料都如它一般好嗎？」

「並非如此，僅有出自緋灘三大家之手，才有辦法讓布自然地放出光彩。這塊布，是舍妹宰殺七隻Kusame，將其毛皮浸於松脂池裡七天七夜後，再耗費四十九天編織而成的。」

老爺將布料捧在掌心仔細端詳，接著又將布遞給身旁的少女。我默默聆聽兩人談話，得知少女是大夫老爺的獨生千金，她似乎對這塊布不感興趣，反倒指著我的鼻頭道：「雖然沒有一對長耳朵，但你的鼻子又紅又扁，像鬼怪一樣。」

我心想，肯定是剛才撞到門板時壓扁了，可是我不打算老實告訴他們這件事，我不希望被他們當作想藉此討好處的輕浮之人。

於是我說：「我生來長相便是如此。」

「這匹布不像出自凡人之手，你說這塊布是由你的妹妹織成，莫非她也如你一般，生得鼻荊郎般的面相？」

鼻荊郎是什麼鬼怪我無意追究，但一聽小姐這麼說，我立刻感到沸血直衝腦門。我知道她不是想誇讚妹妹的織物有多好，純粹是想連同我的家人一併取笑。

不過，我絕對不能動怒，一旦在這時發脾氣，就不可能請大夫治病了。我必須將它當作小姐的試煉，倘若我能跨過這道檻子，將大夫請回村的機會也會提高許多。

深呼吸後，我以平穩的語氣回道：「在緋灘村裡，就算將要被剝皮的 Kusame 知道自己會被做成美麗的絲綢，都會歡喜得落下淚水。緋灘的布便是如此具有靈性，無論織布的是惡鬼或仙神都無妨，我們匠人，唯一的心願就是確保它不會流入凡夫俗子之手。」

老爺聽了大喜，因為這塊布是由我親自送至其府上，而我這席話，也正是這個目的。

「只可惜舍妹被一種怪病纏上，已經許久未能織布。我擔心她的安危，所以才特地來此求醫，為的就是希望老爺能看在舍妹的技藝上，移駕至緋灘替她治病。」

「是這樣啊。」老爺聽了，搓著下巴的鬍鬚道。「令妹的事，我深感同情，但如你所見，我所經營的診所日夜都有像你一般來求診的病患，如果我隨你一同前往緋灘，這些病患求助無門，怕是會橫死在街頭，這般天打雷劈的罪孽，我一介郎中可承受不起啊……」

說完，老爺又低下頭，俯視著織布。

「不過，素來有傳聞緋灘的布具有奇效，倘若你能替我取來十塊同樣上好的布料，我就能用它來包裹患者的病體，也許這些問題便能迎刃而解。」

就算是我也知道老爺的真意。他嫌一匹布太少，開價十塊。

換作其他場合，緋灘織女的十匹布說不定能換得一座城，老爺正是看準只有他能治好妹妹才會如此大開口吧。

當然，能讓妹妹康復，就算傾家蕩產也無所謂，但關鍵在於她現在無法工作。再說，一塊緋灘布需要四十九天的工期，我不認為妹妹的病情有辦法耽擱如此之久。

我們就此僵持不下，誰也不肯退讓。我的心思紊亂，沒辦法直視老爺，只好將目光投向他身旁的小姐，而小姐彷彿早就預料到我會有如此反應，向我瞇起眼眉，隨後別過頭在老爺的耳邊低語。

老爺一邊聽，一邊點頭，轉向我問：「你說在緋灘連惡鬼也懂得織布。那你的手藝，與你妹妹可相去甚遠？」

我知道這是機會，說什麼都不能放棄，立刻答道：「我與舍妹間的差異，只有緋灘第一的工匠才有辦法辨別，但如今那個人臥病在床，因此我想舉凡世間，再無人能辨別我與她的不同。」

真不知是哪來的勇氣，明明我的手藝遠比不上妹妹，又怎能如此誇口？

這並非謙虛，論技藝，我固然不會輸給平庸的工匠，卻無法與她相提並論。論能稱口的才幹，我唯獨縫補東西的功夫爐火純青，但這項才能在此無用武之地。倘若老爺要我替他織完餘下的九匹布，怎麼想都是不可能的。

「既然如此就沒問題了。」這次輪到小姐開口：「不過做生意講求信用，生得三寸不爛之舌的人不代表真有那麼長的舌頭。你是否有這般手段，還是得請你親自證明才行。」

她輕拍手，這時羅列在側的女侍們整齊地向前一步，在我面前打開匣子。

第一個木匣裡裝著一副手套。

第二個木匣裡裝著針線包與工具。

第三個木匣裡裝著一隻老鼠。

第四個木匣裡裝著一只人的耳朵。

「緋灘布之所以美麗，也是源自工匠們的巧手。真正可貴的應該不是布，而是那雙手才對。鼻荊啊鼻荊，這隻可憐的小鼠失聰了，能請你替牠把耳朵縫上嗎？」

小姐瞇起眼，面罩下的她似乎很開心。

我看向老爺，老爺卻只是掛著困窘的笑容不語，讓我更感到焦躁。

我將手套戴上，接著取出針線包，輕輕地安撫手中的小鼠，唯獨那只人耳，我連碰都不想碰。把人的耳朵縫在老鼠身上有什麼意義呢？即便不懂醫學，我也明白人的耳朵根本無法鑲在老鼠的腦袋上。

無奈這是小姐的命令，我沒有再受老爺刁難，也是拜她所賜。區區小鼠，實在不該成為我怯步的理由。

很快，小鼠在我掌心裡睡著了。

為了不驚擾小鼠，我開口求老爺賜我一塊絨布好安放牠，小姐卻說：「眼下不正有一塊上好的被褥嗎？」

她所指的，是妹妹耗費四十九天辛苦編織而成的緋灘布。我想，那又是另一個用來羞辱我們家族的藉口，不過這次我已無心思反抗。小姐身分高貴，這塊布又是要獻給其父的贈禮，既然她不介意小鼠的汙血染上布疋，那我也不該有任何意見。

我從箱子裡取出耳朵，既無彈性也無血色的人耳肯定已經被切下來一段時間了。我將耳朵的切面對齊小鼠的背脊，斷面上仍留著凝固的血色。

迅速提起針線，刺破小鼠的皮膚，再穿過人耳的切面，就算豆大的血珠從小鼠身上滴落、就算人耳的皮膚已經開始潰爛也無所謂，因為緋灘的匠人無論仙神厲鬼，只需要針線便有辦法工作。

小鼠的血渲紅了妹妹的織物，曾經浸泡在松脂裡的 Kusame 毛已汙穢不堪，但同時，那只人耳被完美地鑲嵌在小鼠的背上。

我喚醒小鼠，請牠去小姐身邊，因為提出這要求的人是小姐，倘若小鼠心懷恨意，那也應該去找小姐報復才是。

聽完我的話後，小鼠果真一躍到小姐身上。小姐身旁的侍女，包含老爺都嚇壞了，但小姐卻笑得樂不可支。她將小鼠握在掌中，像孩童擺弄玩具一般拉扯著小鼠的耳朵，小鼠發出唧唧的叫聲，與小姐的笑聲重疊在一起。

「你真的做到了呢。這只耳朵，就像從牠出生起便存在似的，連一點縫補的痕跡都見不到，不但如此，你甚至教會了牠語言，莫非這隻老鼠此刻也在聆聽著我們說話？」

說完，她命身旁的一名侍女取來一個食指大的機器，侍女一壓下機器上的滾輪，火光隨即乍現。

我還來不及反應，妹妹的織物便透過小姐的手化為灰燼。

「倘若緋灘的工匠都有像你這般優秀的技藝，那區區一匹布，根本算不了什麼。」

小姐用淡然的聲音說道。

她說我是惡鬼，我承認了；她要我將人耳縫在小鼠身上，我也接受，但看見妹妹歷經兩輪陰晴圓缺才得以完成的織品被如此作賤，著實讓我難受。

無奈，我沒有立場抗辯，這讓我只得閉上雙眼，誓言無論小姐再說什麼，點頭稱是即可，無需另作它想。

2

我在名為診所的雄偉宅邸住了下來。

在妹妹的織物被毀後，我已無能和老爺談判的籌碼，就算是小姐親自毀掉它的，我也清楚區區一名村落工匠，沒資格和城市裡的老爺討價談價。我的去留，甚至我的生死，全看那名要我把人耳移接到小鼠身上的小姐臉色。

「也許在你眼中只是普通匠人的技藝，但你那雙手卻比這匹布更讓我驚訝。診所內有許多雜務得仰仗這雙手的力量，可惜我無法斬下它，只得留你在身邊守候。」

小姐的意思是要我留在宅邸，如同她身旁的侍女般為她所用。這倒也無所謂，工匠的命一旦踏出村子，便足以秤斤論兩隨意買賣，只要大夫老爺願意看在小姐的面子上替妹妹看診，那這雙手即使贈予小姐我也甘願。

不過，來到這所宅邸已經第三天了。到目前為止，我都還沒有接到正式的工作。

宅邸鄰近車站，而車站又是為了某種被稱為「火車」的奇異裝置存在的，每天，我都在陰暗的廂房裡待命，吸著火車的煤煙，一邊眺望遠方的鐵軌，等待火車經過的同時也消磨時間。

直到午後，老爺走進我的廂房，兩名侍女隨侍在旁。

經過幾天的觀察，我也明白那些身著白衣的女人並不是普通的侍女，當老爺問診時，她們會在一旁協助老爺工作。或許正因為每個人都用方巾蓋住面頰，我總覺得方巾底下的她們都是由同一人所扮演。

誠如外界看待緋瀧匠人時，以奇術稱之，我在想那些白衣女或許也來自某個村落，操使著旁人難以理解的術法，協助老爺行醫。

老爺和求診的病患，都稱呼她們「護士」。

「鼻荊，前些日子交給你的針線還在身上嗎？」老爺問道。

工匠不需要名字，鼻荊是小姐替我取的小名，因為第一次見到我時我的鼻梁被門板壓斷了，於是宅邸裡的其他人也開始用這個名字稱呼我。

「在。」

「那好，你隨我來吧，有件事只能交給你來辦。」

莫非又要把什麼東西縫到動物的身上？我心想。不過老爺和小姐不一樣，即便性格精打細算，但那也是城裡人固有的特質，至少工作上的事，老爺不可能會以嬉鬧的態度看待。

走出廂房，在草屨和皮鞋都能踏出聲音的長廊裡，淨是嗆鼻又惹人不快的味道。儘管許多門上都標示著字句，但不識字的我根本什麼也認不得，只得跟在老爺和兩名護士身後，直到他們把我領進走廊深處的房間。

室內，也許不能說是一塵不染，但明顯比走廊外潔淨許多，正中央擺著一張造型奇特的床鋪。之所以稱其為床鋪，純粹是因為上面躺著一個男人，否則比起床，那更像是某種工作檯。

我想起村裡的工寮，這房間與其有幾分神似。

躺在床上的男人，鼻子以上的部位都被壓扁，很明顯已經死了。

「今天早上，城裡某棟房子塌了，那時這男人就待在裡面。我已經轉告他的家人無法醫治，但還是希望能讓他看起來體面一些。鼻荊啊，你能否替我補好這男人的臉呢？」

我仔細端詳。男人的半顆腦袋都碎了，尤其是鼻梁。尋常人的鼻子都是向外挺出，他卻是往內凹，而且因為積血的緣故，鼻子和皮膚腫成一團，看起來就像被拍扁的麵團一樣。

我下意識摸了摸自己的鼻子。那天受傷後，我便沒有再理會傷口，現在它已消腫不少，但每當盥洗時面對鏡子，還是能看見青色的瘀血痕。

「我知道了，就交給我來辦吧。」

我如此說道，老爺露出滿意的微笑，接著偕同一名護士離開房間，留下我和另一位護士獨處。

那名護士不發一語，站在屍體旁。我想她大概是被老爺吩咐要在一旁協助我作業，不過緋灘工匠向來都是獨來獨往，不需要與人合作，有人在一旁反而讓我覺得礙事。

我試著無視她的存在，開始尋找所需的工具。

我不擅長織布，卻對修補衣物得心應手。切割、刺穿生物的肌膚與血肉，和我平時對待皮革與絲織品的方式似乎也沒什麼不同，多虧那隻小鼠，讓我明白了這個道理。

既然這樣，我也不該多想，只管把棉花塞進男人凹陷的顱內便是。取出破碎的骨片，改以發脹的泡棉代替，我不曉得男人生前的容貌，可是只要一想到捧著小鼠開心把玩的小姐，就有一股莫名的怒火驅使我完成這惹人生厭的工作。

把血連同溢出的腦花一起抽出，再將塌陷的臉皮重新鋪整拉平。我全神灌注在手邊的工作，甚至戴上和小姐一樣的面罩，以防自己的汗水滴落到男子的屍身，即便我已滿手鮮血，也不願弄髒遺體。

終於，男子的臉龐恢復了屬於男人的容貌，曾經被我切開的部位連縫線也看不見。也許這麼說對死者有所不敬，但賭上緋灘工匠的名譽，我甚至有自信男子此刻的面貌更勝於生前。

「太厲害了，鼻荊。第二次交辦給你的工作，你也出色地完成了呢！」

站在我面前的護士開口了。

從頭到尾都一言不發的她，此刻，卻讓我聽見屬於小姐的聲音。

她揭下蓋在臉上的方巾，果真是小姐沒錯。明明她就站在我面前，我為什麼都沒有發現呢？

小姐和其他護士不同，身上沒有散發著藥劑的味道，而是屬於富貴人家身上特有的孩童體香。我本該知道的，但血腥味麻痺我的嗅覺，就連眼珠都只擺在屍體上，連一眼都沒多瞧。

方才的作業流程，怎樣都說不上是雅觀，器官與鮮血四濺，甚至還弄髒了小姐的白衣。倘若大夫老爺知情，肯定會找我問罪，屆時別說是託他醫治妹妹了，我能不能活著走出這棟宅邸都是未知數。一想到這裡，我的額頭又分泌了更多汗水。

「不過，就這樣結束太可惜了。」小姐說。

「什麼可惜？」

因為緊張，我的聲音顫抖，甚至沒辦法好好把話說完。

「接下來這具屍體就會被送走了吧。明明還有很多事情沒弄清楚，你不覺得就這麼放他離開太可惜了嗎？」

我還是不懂小姐的意思。只見她繞過屍體，來到我的身後，將臂膀探入我的懷中時，也順道將一把刀子交到我手上。

接著，她握住我的手，藉我沾滿血液的手劃開男人袒露的胸膛。

「我在爸爸的書裡看過，這稱作『解剖』。以前的醫生會透過這種方式，了解人生病的原因。我是爸爸的女兒，早晚也得繼承這間診所。鼻荊，從第一次見識到你的技藝後，我就下定決心了，我想藉助你的雙手，盡可能解剖更多人。」

她一邊說，一邊將男人胸部的皮翻開，露出暗紅色的肌肉和隱藏在底下的骨頭，而整個流程，她都是藉由我的雙手完成。

「所以我這麼做，是為了讓妳將來能醫治更多病人？」

「還會有其他理由嗎？」小姐扯下面罩一角，露出慧黠的笑容。

修補破損的遺體是一回事，但主動把人體切開卻有截然不同的意義。

為什麼要把我已經完成的作品再度毀壞呢？無論小姐的理由多麼合理，都讓我難以接受。可是沒能及早發現小姐的存在是我的不對，小姐身上沾染著汙血是我的緣故，理虧在先的我無法忤逆小姐，也只能任憑她操控我的雙手，切割男人的身體。

男人新鮮的內臟袒露在我們面前。原來人的體內是這副模樣嗎？許多囊狀物疊在一起，說到底，不過就是一副灌滿了血的肉袋罷了。

「鼻荊，看清楚了，你的心臟就是這樣跳動的。」

小姐用我的手抓住男人的心臟，用力擠壓了一下。血水從已經開始腐敗的血管溢出，在我的指間流淌著。

我彷彿聽見了自己的心跳聲。

鐵鏽味和穢物的味道充斥在房間，就算我戴著面罩，這些氣味還是無可避免地侵入鼻腔。我想小姐可能已經習慣了，無論異味多麼濃烈，她一步也沒離開我身後，纖瘦的身軀與我相貼合，我持刀的手遲遲找不到放下的機會。

「今天就到此為止吧。」終於，她說。「再切下去，就算是你也會感到困擾的。」

不，不會的。我想告訴她，無論遺體被毀壞得多麼嚴重，我都有信心將它縫合成當初的樣子，但我沒必要開口，既然小姐已經滿足，多說也無益。

於是，我又取來更多棉花及針線，試著把那曾是男人的物體恢復原狀。小姐沒有離開，就像我修補男人的臉時，她站在我面前靜靜地看著一樣，不過這次沒有手巾蓋住她的臉了，就算我看不見她的笑容，也看得見那對彎成新月狀的眼眉。

我將針線反覆在男人的皮膚上刺入又拔出，同時也替他擦掉身上凝結的血塊。回過神來，小姐已經離開了，想必是我太專心，以至於連她的腳步聲都沒聽見，但她是什麼時候離開的？是在我將那些填充物塞進男人體內時，還是在我縫合男人的皮膚時呢？

肯定是因為這與「解剖」無關，才讓她失去興趣。單看我縫合身體，將來要行醫濟世的她想必學不到任何東西。

就這樣吧。小姐也說了，這是為了將來能繼承她父親的衣缽，無論她心裡是怎麼想的，我照做便是。能在宅邸工作，是我的福氣，而我也沒有其他選擇，只得如此，老爺才有可能願意替妹妹治病。

離開故鄉時，除了妹妹給我的那匹布之外，唯一被我帶在身上的行囊大概只有承襲自父母的

匠人精神了。為了讓男人能像小鼠一樣，把那些傷痕從他的身體去除，花費了比我想像中還多的時間。

待到日落西沉，直到毛線球全部被我縫進男人的身體裡後，他的身體才恢復到小姐執刀前的樣子。

兩個蒙面護士走進房間，一言不發地將男人的遺體推走，就算血已流乾，但我相信沒有人能看出小姐曾經來過。

我脫掉手套，才發現雙手早已被汗水浸溼。長時間的工作讓我精疲力盡，直到當晚用餐，那雙手始終無法停止顫抖。

3

由於老爺醫術高明，修補遺體的工作並不常見。

我無意離開宅邸，但又想消磨時間，所幸小姐慷慨，願意讓我翻閱宅邸內的藏書，否則以我的身分，照理來說是沒資格閱讀典籍的。

她大概是認為就算借我，我也看不懂，無法盜取老爺的醫術。此外，由於典籍上充斥著許多人體臟器的圖畫，倘若我能熟記這些器官的構造，對工作也有所幫助。

不過，我終究不是具有慧根的人，人體圖像畫縱然有趣，同樣的幾張圖盯久了也容易膩。反倒是窗外的火車鳴笛聲，怎樣也不會讓人厭煩，每天固定的幾個時刻，它都會行經宅邸旁的鐵道。就算煤煙惱人，我還是相當喜愛這些鋼鐵鑄成的黑色巨獸。

「您知道火車通往哪裡嗎？」

我向來訪宅邸的旅行書商問道。這名中年男子是老爺的舊識，每個季節都會來向老爺兜售書籍。

「因為牛不能上火車，所以我也不知道。聽說以前鐵路這種東西鋪滿了整個世界，無論哪裡都到得了。」說完，他又哈哈大笑道：「但這裡的鐵路正式啟用，不過是上一個秋天的事，說不定路都還沒鋪完呢，而且那可是富貴人家才搭得起的玩意兒。」

「是嗎？」

望向窗外的同時，鳴笛聲又響了。

這段日子，我的身體也被訓練到能精準地預測火車何時會經過。

「聽說一天得鳴上三次。大夫當初挑了個風水寶地安居，但千算萬算，就是沒算到這一遭。」

他與我一起凝望著火車的煤煙。

「小兄弟，你想上火車看看嗎？」

「不敢。」

我說我還有工作在身，一步也不能離開這座宅院。對火車的興趣，純粹只是因為待在這裡無事可做，此時提起火車，也僅是單純的閒聊罷了。

「也是，故鄉還有人在等你，可不能不負責任地跑了。」

他提起筆，開始替我謄起寄給妹妹的書信。

由於我不識字，只能透過口述的方式請書商紀錄並代為轉告。託人這份差事自然是需要花錢的，雖然我替老爺工作是為了還債，但老爺也不是個不近人情的人，偶爾還是會賜我零錢花用，這些儲蓄就被我用來委託書商寫信。

「看那姑娘的病情，棘手是棘手，至少不會丟掉小命，已是萬幸了。」

同時，當書商下次來訪時，他也會帶妹妹的口信回來。我不在的這段期間，她的身體還算平安，儘管疱瘡的數量有增無減，但惡化的速度緩慢，聽說熟識的鄰居老太太還會替她打理三餐，日子相當安泰。

只要知道這些就夠了。我明白妹妹因為疱瘡毀容的心情，但是這不要緊，等我賺足了請大夫的錢，她的病自然就能痊癒，屆時我會再用手中的針線，將她的臉恢復過往的美貌。

從小鼠到男人，從畜生到屍體，男男女女，我已經修復了好幾具遺體，每一次小姐總是會在我的工作結束後溜進來，請我再替它們開膛剖肚，每一次我都能將它們修復得完好如初。所以未來某天，就算要我修補活人的臉也不會是問題，來自緋灘的匠人，我有絕對的信心。

「這樣吧。我看你們筆談也好幾個季度了，既然有緣，就告訴你一個祕密吧。」書商說。

「什麼祕密？」

「那火車一天鳴笛三次，所以你以為火車一天只有三個班次，實則不然。在入夜打更人報第四次更時，火車還會開第四班。據說那班車，車掌是不查票的。」

「不查票？真有這麼好的事。」

「聽說那班車是用來載貨的，不收乘客，但細節我也不是很清楚，只是想說將來等姑娘病痊癒了，你倒是可以考慮考慮，無論男孩或女孩，總是無法抗拒這些新奇的事物。」

他悠悠地說道。之後便不再提火車的事，專心書寫我吩咐的口信，直到信件完成，他向老爺別過，都沒有再說起深夜行駛的班車。

由於只是閒談，我也沒有特別放在心上。第四班列車的事情固然有趣，也只是軼聞野史，至少這般謠言還沒辦法說服我提起腳步邁出宅邸。

在工作結束前，我是不可能離開這裡的。

「鼻荊，這次也要麻煩你了。」

老爺信賴我的能力。我工作的地方被稱作停屍間，當屍體被送進來時，老爺什麼也不必多說，我就明白該做什麼、該怎麼做。

每一次作業，小姐都不會缺席。

她沒有再打扮成護士的樣子了，總是坐在一旁的金屬托台上，用那明亮澄澈的雙眼注視著我的一舉一動。我知道她並不是在看我，而是看我如何切割人體。

我曾隱諱地向老爺反映此事，老爺卻只是臉色蒼白，點了點頭道：「就隨她喜歡吧。」

小姐說得沒錯，因為死人已經沒有用處。倘若世上真有靈魂，靈魂也在肉體衰敗的那一瞬間便消亡，餘下的就是坨灌了膿血的肉團。

我替小姐擺弄人體，即是為了讓她能盡早繼承老爺衣缽，我所行使之事，並非需要感到羞愧的罪孽。

真正的罪孽，應該像山徑的強盜或市井的小偷一樣，應是搶取他人財物、掠奪他人妻小的無賴。大部分我經手的遺體都不是城內百姓，而是聽聞此地醫學發達，特地前來求診的旅人，無奈諸多因素，病未痊癒便猝逝，多虧老爺一片好心才讓他們有所善終。

無論他們身上攜帶多少盤纏，非我所有，我皆一毛不取。我明白醫治妹妹需要金錢，但是把不正當手段弄來的錢用於治病，對病人而言反倒是詛咒，我如此堅信著。

「遺體留下來，包袱和裡面的東西，就扔進院子的焚化爐吧。」

老爺如此吩咐。我抓著旅人的遺物，打開焚化爐的灶門，堆上薪柴的同時，也發現裡面困了一隻老鼠的屍體。

那隻老鼠的背上，還有一只人的耳朵。

或許是炭灰的緣故，鼠屍完好如初，沒有腐敗。我在焚化爐旁挖了一個小洞，將鼠屍埋進去。挖掘的過程中，我忍不住想到這樣的過程，不就和我把棉花塞進屍體體內一樣嗎？我埋葬鼠屍，受影響的也只有這片土地，但無人知曉這裡曾埋有一具鼠屍，就像那些遺體，多是遠赴他鄉的旅人，哪怕我精心修補，也從未見過家屬來此與親友別過。我縫補過的遺體，一律由老爺派人駕車將它們載走，我知道老爺不會大費周章把遺體運回其故鄉，充其量也就是找座山嶺，挖個土坑將它埋了吧。

如此，我的工作又有什麼意義呢？除了將我的技藝演示給小姐看，怕是無其他價值可言。

「鼻荊啊，你在這邊偷懶嗎？」

我面對著焚化爐，怔怔地看著火光吞噬旅人的行李，直到少女的聲音將我喚為現實。

我轉過身，是小姐。在這棟宅邸，除了老爺，只有她會與我說話了。

「不。屍體已經修補完了，老爺要我把死者的遺物處理掉。」

「是嗎？」小姐用滿不在乎的口吻說。「那等結束後，回來停屍房吧，我有一件事想再請你幫忙。」

我凝視著小姐的雙眸，一句話也沒說，只是點了點頭。直到她轉身離去，木柴燃燒的碎裂聲依然不絕於耳。

有事需要我幫忙，想必又是與切割人體有關的吧。數十，甚至數百具屍體任小姐擺布，小姐卻永遠沒辦法得到滿足，總是藉我的手，解剖一具具人體。終有一天，我也會離她而去，屆時她願意親自動刀嗎？

我不知道。

行李燃盡後，我回到停屍房，小姐在那裡等著，就坐在托台，那屬於她的位子上。

她問道：「鼻荊，你知道什麼是華爾滋嗎？」

「不知。」

「那是舊時代的一種舞步，是我不久前從書上看來的。據說以前人將跳舞當作社交活動的一環，我很喜歡，也想教你跳這支舞。」

我對舞蹈沒有興趣，可是小姐的吩咐，無關我個人愛好。

偶爾她會一時興起提出一些古怪的要求，某天她也會叫我剖開自己的肚子也說不定，與之相比，僅僅是一支舞算不上刁難。

「禮儀很重要，就從邀請開始吧。」

小姐輕輕拍手，愉快地說。

「『能否邀您與我跳支舞呢？』來，你像這樣伸出手心，跟我複述一遍。」

「能否邀您與我跳支舞呢？」

「不是對我說，是對它說。」小姐指著工作檯上的屍體。

「您要我與屍體跳舞嗎？」

「倘若你邀請它，它是不可能會拒絕的。鼻荊啊，放眼天下，你還能找到比它更可愛、更討人歡心的舞伴嗎？」

小姐說得有道理，於是我牽起它的手，問道：「能否邀您與我跳支舞呢？」

接著，她要我拉起屍體，扶著它的背，反覆以小碎步前進、後退。過程中不管怎樣，都不能放開它的手，小姐說那是對舞伴的一種侮辱。

屍體已經開始僵化，光是舉起它的手就要耗費不少力氣，更別說帶著它的身子共舞了。但我還是只能照做，因為小姐正注視著我，她想看我跳舞，我就必須跳給她看，就像我是為了她縫補屍體一樣。

我所做的種種，其實都只是為了她一個人罷了。

「你跳得很好呢。」

「是嗎？」

小姐的身子隨我的舞步輕輕搖擺。沒有音樂伴奏，我也不曉得自己有沒有掌握好節拍，而我的舞伴又是一句不會動的屍體，做到這種程度，我已經盡力了。

忽然，我聽見了怪異的聲響，像是有人在嚼舌根一樣的黏稠聲音。

我的腳下傳來濕滑的觸感，低下頭，這才發現我的舞伴肚子破了，內臟灑了一地。

小姐愉快地鼓掌，笑得就像剛得到糖果吃的孩子。

「看，鼻荊，我沒有騙你吧。因為你跳得實在太好了，所以就連你的舞伴都很開心呢。」

原來死者也有情緒嗎？小姐能解讀死者的語言嗎？

我不知道，不過這是一具已經被修補完畢的屍體，就算小姐曾吩咐我切開它的腹部也一樣，我已經把它修好了，照理來說，內臟不可能掉出來才是。

我急忙停下腳步，把屍體放回工作檯上，接著又將地上的內臟一一撿起，塞回腹中。

我注意到屍體的肚子上有個切口，是被人刻意劃破的。

「這下你也知道華爾滋該怎麼跳了。鼻荊，今後我會教你更多有趣的事，所以無論我說什麼，你都要聽話喲。」

小姐的雙腿懸在托台邊緣，活潑地晃盪著。我在宅邸已經工作了一段時日，小姐的年紀與我相仿，不過每次她的笑容，總會讓我想起第一天時，那興奮地把玩著小鼠的女孩。

無論我的手藝再優秀，不過就是個償還債款的奴工。老爺誇口我的技藝，卻僅是欣羨我有一雙巧手，緋灘三大家的長子和鼻荊是同一人，但換了個名字就不會再有誰知道鼻荊是何許人也。

小姐不一樣，她同樣喜愛我的技藝，甚至想斬下我的雙手，不過當她彎起眼眉時，卻是對著我笑。只有在這間停屍房裡，我才不是緋灘三大家的長子，也不是診所的鼻荊郎，而是緋灘的鼻荊。

4

外面傳來車輪滾動的聲音，我從窗戶探出頭往外望去，看見幾名護士七手八腳地把屍體從牛車搬到工作檯上。小姐站在宅邸大門的石階上，眺望著白衣女人們作業。

我在停屍房裡，思考該如何處置那些遺體。單是解剖、縫合，已經無法滿足小姐的求知慾了，打從她要我與屍體共舞的那刻起，她所追求的早已不是醫學知識，而是更為崇高，也更讓人恐懼的東西。

不對，也許小姐原本所渴求的，就不是老爺治病的技術，無奈我只是一介凡夫，再怎麼想破頭，也無法看見小姐眼中的風景。

當我在焚化爐前焚燒遺物時，小姐指著天上的飛鳥詢問我，為什麼人的身體沒有翅膀？我不知道答案，於是我取下人體內包裹器官的薄膜還有肋骨，將它們縫在屍體的手臂上。如此，人類便被允許擁有雙翼。

當我在庭院裡捉兔子時，小姐又問我，為何唯獨人類只能用雙腿行走？我仍然無法回答，於是我將兩具遺體的雙腿、雙手斬下，將腳縫合到臂膀的位置。如此，人類也能用四腳奔跑。

「真是太可愛了！鼻荊，你的手還是如往常一樣靈巧，看看那些被你縫補過的人，都開心地笑著呢。」

曾經，我質疑過小姐是否能聽懂死者的語言，但現在我很清楚，它們之所以笑，是因為我將它們臉上的肌肉縫在一起。和小姐真誠的笑容相比，根本不值一提。

對於我的所作所為，老爺是知道的，老爺一直都知道，只是他從未阻止我，因為這些屍體的去留已無人關心，而命我做這些事的人都是小姐。

小姐的思維，整座宅邸中怕是無人能理解，而我只需盡我本分，討小姐歡心即可，那便是我的工作。

護士將遺體推進停屍房，小姐就跟在她們的身後。停屍房裡擺放著好幾具人體，都是我在小姐的指示下完成的作品。小姐說好不容易完成的傑作若是就這麼讓人運走太可惜了，要我將它們留在房內，好讓她能在腐敗前欣賞。

我將遺體臉上的白布掀開的同時，小姐告訴我這次的死者是曾在宅邸內工作的護士，名叫菲娜希汀。

「因為肚子裡有小孩，所以幾個月前她向爸爸請假，沒想到在家鄉休養時染上風寒，就這麼死了。」

小姐解開遺體的衣釦。女人的肚子腫脹，看得出確實有嬰兒在裡面，我和宅邸的護士幾乎不曾有過交流，所以就算我應該感到悲傷，也無法擠出任何一滴淚水。

「鼻荊，這是你第一次面對有孕在身的屍體吧。不如趁此機會，請你剖開它的肚子，看看嬰兒是不是還活著吧。」

這是不可能的事。一旦母體死亡，腹中的胎兒也不可能活下去，小姐心裡很清楚，卻執意要我動刀。

我保持沉默，用手術刀劃過女人的皮膚，強烈的厭惡感在我心中萌芽。

過去切割人體時，我或多或少也會心生排斥，但從未像這次一般那麼反胃，我認為那是我心中殘存的，屬於人類的部分在哀號。

可是，我只能選擇無視。我的想法如何不重要，重要的是我的技藝是否得以滿足小姐，這是我留在這棟宅邸的理由。

對我而言，雙手沾染了再多的鮮血都不重要，因為無人過問血為何而流，我要在乎的，就是小姐面罩下的笑容，那便是一切了。

胎兒取出時，已經有著近乎完好的嬰兒形體，頭和身體等大。我將胎兒遞給小姐時，它的肚子上還連著臍帶。

「人們說，胎兒是母親身懷十月，以愛心哺育而成的，但實際上胎兒所寄宿的房間卻是在骨盆，接近膀胱和腸道，堆滿穢物的地方。鼻荊啊，你不覺得這樣的胎兒實在很可憐嗎？」

我注視著小姐，雙手浸滿鮮血與透明的黏液。該有什麼想法，又該如何回應小姐，我已無心思考。

「為了悼念胎兒，我想請你讓它擁抱母親的心臟，如此一來，就算未能出世，它也能感受到母親的愛了吧。」

我接過小姐遞回的胎兒，接著又切開屍體的胸膛，將阻擋心臟的肋骨敲碎後，用針線把胎兒的身體縫在母親赤裸的心臟上。

在人的胸口裡塞入一個巴掌大的嬰兒，聽來就像是瘋人的囈語，但我照做了。只是無論哪來的工匠都有其極限，把嬰兒置入胸中，我就無法縫合遺體的皮膚，沒辦法讓她恢復原本的面貌令我痛苦不已。

在我煩惱時，出聲賜我解脫的人也是小姐。

「就這樣吧，不用縫回去了，就讓菲娜希汀的孩子坦露在外面吧。成為母親，對女人而言是一件值得驕傲的事，生前她沒能將孩子抱在懷中，向我們展示那嬰孩有多可愛，至少在死後由你來替她完成這份夢想。」

小姐也是女性，哪怕將來繼承了老爺的衣缽，也有可能生兒育女，但年幼喪母的她真的懂得什麼是母愛嗎？我相信人類本性有其善念，可是我不知道這份善意能達到什麼程度，也不曉得以我凡夫俗子的標準，丈量小姐那與俗人相異的開闊心胸是否妥當。

我將女人的屍體懸吊在停屍房的牆上，讓她的雙手交疊在懷中。遠遠望去，就像是將胸中的嬰兒擁在懷裡。披在她身上的白衣自然地展開，如翅膀一樣，陽光從高懸於頭頂的氣窗灑入室內。

女人與她的孩子，彷彿有一股純潔不可侵犯的光輝籠罩在他們的遺體上。

晚上用餐時，一名護士告訴我，老爺有事傳喚我過去。我心想，這次恐怕做得太過火了，隨意擺弄遺體的事終究還是越了線。所以，當我一進老爺房間時，便立刻磕頭謝罪。

「快起來，鼻荊。將你召來，並非是要為難你。」

我抬起頭，發現小姐也在。她沒有戴著面罩，如果實般紅潤的唇瓣正笑盈盈地對著我。

老爺繼續說道：「你在停屍房所做的一切，女兒都告訴我了。畢竟是我女兒的主意，那我也不好多說什麼。但這些屍體並非如你們所想的無人問津，數量和品質都是要給人交代的。」

「那麼我該怎麼做呢？」

老爺的話我不能裝作沒聽見，可是我又不願讓小姐失望，否則她就不會再對我笑了。我必須找到方法，既能讓老爺滿意又能使小姐開心。

老爺用沉靜的聲音說：「這座城市的醫療技術發達，許多身患重病的人從世界各地匯聚於此，大部分人都能痊癒，但不幸病逝的人也不少。倘若你能替醫院招攬到更多客人，想必得到屍體的機會也會增加許多吧。」

如此說明，我便明白了。老爺允許我繼續替小姐賣命，前提是素材必須自己張羅才行。

我在心裡佩服老爺不僅是醫術高明的大夫，還是個精打細算的商人，透過我出外仲介，想必醫院的生意也會變得比往日更好吧。

我看向小姐，用眼神尋求她的同意。小姐看著我，用笑容應允了我的請求。

就這樣，為了替小姐招募更多死者，我走出宅邸，開始沿街向來往的旅人介紹老爺的診所。

「無論怎樣的病都能治嗎？」一名男子指著自己的喉嚨道，他呼出的氣息夾雜著臟器腐敗的味道。

「是啊，老爺妙手回春，哪怕是再棘手的病他都能醫治。」

就算我不知道對方的症狀，還是會如此應對。老爺是這些旅人最後的希望，如果連老爺都束手無策就真的沒有辦法了。

最慘，也就是送到我這裡而已，沒什麼大不了的。不如說，那正是我的本意。

我的工作持續進行著，常常忙碌到天黑才回家，有一次甚至錯過書商來訪的時間，以至於沒能委託他將書信捎回故鄉。

已經無所謂了，我滿腦子都是該如何帶更多屍體回家，若不這麼做，小姐就會對我失去興趣，我留在宅邸的理由也不復存在。

屆時，要殺要剮隨小姐高興。我擔心的不是這個，而是沒人能繼承我的工作，哪怕死了，我也不願毫無意義地死去。看著牛車上載運的一具具屍體，我替那些客死異鄉的旅人感到悲哀，可是一方面，又替那些我親手剖開的屍體欣喜。我羨慕他們，羨慕他們成為我手下的傑作，羨慕他們與我一同得到小姐的恩賜。

必須招募更多人來問診才行。

我走去車站。那是人潮最多的地方，不惜花錢搭乘火車前來的旅客有之，但也聚集不少只為一睹列車行駛的平民百姓。

眾人聚集在車站裡，爭相望著鋼鐵巨獸燃燒煤煙、匍匐前進的模樣。有咳嗽聲也有乾嘔聲，其中一些人的聲音光聽就知道來日無多，即使如此，他們也想在死前一睹這神祕造物的風采。

「妙手回春！仁心仁術！僅此一家！」

我一邊吆喝，一邊遊走在月台邊緣，喊到喉嚨幾乎都快啞了。宅邸的眾人不可能沒有聽見，但我在停屍房工作時，小姐卻從未提起此事。

她只關心我面前的屍體，期待我想出更多方法取悅她，對於老爺的生意、病患的健康，從一開始她就完全不在乎。

她喜歡聽我吹奏樂器，即便那是用人的胃袋縫紉而成的；她曾誇讚我找到了一匹上等的布料，明明那人的面皮還附在上頭。只因為她的笑容還是一如既往的無瑕，所以我才願意相信自己過去只是被俗世的目光蒙蔽了雙眼。

我的心中已不會有分毫恐懼，我的視野只容納得下小姐一人。

「哎呀，這是什麼東西？」

我聽到女人的哀嘆聲，急忙趕過去。

一路跑出車站，我看見路畔旁有一個巨大的肉球囊腫。沿途經過的旅人紛紛避之唯恐不及，剛才出聲驚叫的女人正捂著口鼻，從我身旁走過。

那究竟是什麼東西？我心生好奇，走近一看，才發現肉球竟然擁有人的四肢。大概是察覺有人接近，肉球忽然起身抓住我的雙腿，發出嚶嚶如動物般的叫聲。

那團肉球確實是人沒錯，甚至還穿著人的衣服、揹著旅人的行囊。他只是患病了，導致身上長出許多大大小小的囊泡，這些囊泡蓋住他的臉，擠壓他的五官，使我連他是男是女都不曉得。

肉球人看起來無比虛弱，他鬆開手，在我的褲管上留下腐敗的黏液。

今天的屍體有著落了。我心想。

我返回宅邸，將護士們常用來載運屍體的推車推往車站。肉塊的四肢因為腫瘤，已被擠壓得不成原型，我吃力地將他抱起，放到推車上。腫瘤因為破裂，導致膿血直接噴到我的臉上，但這不算什麼，對我而言，停屍房的工作已經開始了。

「那是什麼啊？」小姐見到推車上的人，好奇地問。

「應該也是來求診的病患吧。」我說。「再過不久他就會死了，先送到停屍房吧。」

我的猜測沒有錯，在我將他運往停屍房的路上，那塊不停掙扎、痛苦的肉球忽然就不動了。我把手伸入肉塊間，尋找他喉嚨的位置，發現他已經沒了氣息。

「鼻荊啊，這具屍體你打算怎麼處置呢？」

小姐坐在托台上，愉快地問道。

我告訴她，我要把這具屍體拼貼成她的樣貌。因為只有小姐遼闊的心胸，才能接納世界上最為醜陋的事物。

果然，如我所料，小姐聽了非但沒有生氣，反而拍手叫好。

「太有趣了！緋灘的鼻荊，連這種事情都辦得到嗎？」

小姐提起了久違的故鄉，但故鄉的一切對如今的我而言已經無比陌生。

我將遺體的四肢攤平，把他的行囊與身上的衣物放到一旁的櫃上。這才發現，屍體並非男性，而是女性，只是囊腫覆蓋全身，連同他的聲帶都摧毀了，所以我才沒能認出來。

我開始將屍體上的腫瘤一個個去除，不僅外表，內裡也是一樣。我雖是織布工匠，卻也明白無論布匠、木匠、石匠，世上所有匠心都是一樣的，一旦誇下海口，就得拿出賭上性命也得完成作品的覺悟。

為此，我甚至向老爺討教遺體防腐的方式，在那具屍體裡塞了數十種不同的香料，又將屍身鋪在竹炭串成的床鋪上，最後再以酒精替它沐浴。過去我不曾如此用心對待一具遺體，倘若屍體腐壞，那請人運走便是，不須有所眷戀，但這具屍體要拼成小姐的面貌，只有從裡到外徹底腐朽的她才有資格被製成小姐。

我所面對的，將是要成為我身涯巔峰的作品。

我將自己關在停屍房裡，日以繼夜的工作。除非必要，否則絕不走出房間一步。老爺依然會命我修補其他屍體，但我絕不在雜務上消磨多餘的時間，現在我的眼裡，只有即將要成為小姐的她。

作業正如火如荼地進行著，削去多餘的部分，填補缺失的部位，這些工作並不困難，真正讓我困擾的，是如何在屍體臉上複製小姐的笑容。

小姐的出身不凡，無論再怎麼雕琢，俗物還是有其限制，就算我能效仿那副眼眉，讓它的皮膚散發與小姐相似的光彩，卻怎樣都無法參透笑容的祕密。

為此，我感到十分沮喪，盤坐在停屍房的一隅，思考到底是哪裡有所不足。我抬起頭，看見那些曾被我經手過的遺體，它們的雙目混濁、肉身逐漸腐敗，已經不具有任何生命氣息，儘管如此，我卻覺得每雙眼睛都正盯著我瞧。

曾幾何時，我認為能在小姐的指示下成為令她傾心的玩物是種幸福，但在我陷入瓶頸後，我卻無法從這些屍體的面貌上感到分毫喜悅。

再繼續苦思也無濟於事，屍體的衣物和行囊一直被我擱置在櫃上，遲遲未處理，不如就先把它們拿去燒掉吧，也許切斷了它與俗世最後的聯繫，它就會隨我的意志，化身成小姐了。

我抓起衣物和行囊，走到院子，來到焚化爐前。那個人生前所穿的衣物，以織物而言做工堪稱上品，可惜被膿血毀了質地。

燒了吧。

無論旅人生前帶來什麼，我都會一併把它們燒掉。非我所有，一毛不取，時隔數月，甚至數年，我還是那個初來乍到的織布匠，從來都沒有變過。

衣物在焚化爐裡燃燒，濃煙從煙囪裡竄出，像火車的煤煙一樣，直到與烏雲籠罩的天空融合在一起，再也看不見為止。

燒了吧。

旅人的背囊也被乾掉的血液染成緋色，已經看不出原本的紋樣了，但無論紋樣是什麼都無所謂，我的眼中已不見錦鯉、蓮花，沒有雲紋或唐草，只有箚痕和褶皺。

我將囊內的東西取出，卻發現裡面什麼都沒有，僅有一塊布料。那是塊上好的布疋，甚至比遺體生前所著的衣物更為講究。

也是看見那塊布的瞬間，我的全身竟無法動彈。

緋灘的布料，是將村裡一種名叫「Kusame」的動物浸泡在松脂油裡七天七夜，再連皮帶毛剝製而成。其中，又以出自三大家之手的布料最為珍稀，謠傳那些布散放著透明的色澤，就像倒映在水面的星空斑斕。

然而，擁有這種技術的人並非三大家嫡長子的我，而是我的妹妹。我曾想將自己織的布獻給城裡的大夫老爺，卻被妹妹阻止了。她將我織的布奪走，將自己織的布塞進我懷中。

而那塊浸於松脂油裡七天七夜後，再耗費四十九天編織而成的布料在我來城裡的第一天，就透過小姐之手化成灰燼。

燒了吧……

火焰焚燒讓我不停滲出汗水，我伸手拂去，才發現那些來自雙眼的汗水怎樣也抹不淨。

為了完成小姐的面相。

燒了吧。

5

處理完遺物後，我回到停屍房。又有新的屍體送來了，小姐推著推車，吩咐我快點動刀。

「快點啊，鼻荊。趁還新鮮時快點完成你的工作吧，要是再拖下去，又會變得跟上次一樣很難處理了。」

我低下頭，注視抓著自己的斷臂哀號的男人。小姐說那是屍體，可是我卻聽得見男人的求救聲。也許是我聽錯了，那是我的幻覺，焚燒遺物的煙灰薰黑了我的肺，連帶讓我的腦子也失去了判斷事物真偽的能力。

這雙眼所看見的一切、這對耳所聽見的一切，全部都是假的，只有小姐的笑容是真的，只有小姐的話語是真的。

小姐的催促聲在我耳邊繞旋，我的心臟連跳動的力氣都快消失了，卻還是想著該如何取悅小姐。我將男人的屍體綁好，以防它掙扎，實際上它可能沒有掙扎，只是我必須這麼做才能執刀。

接著，我將刀子刺入它的脖子，男人不動了，雖然它本來就沒有在動，那只是我的幻覺。我一定得這麼做，我還要讓它流更多血，因為小姐喜歡紅色，無論是殘肢的切面或是破碎的臟器皆然。

小姐曾對我說謊，她希望我切割人體，是為了將來能繼承父親的事業，這是謊言。實際上她對醫治病患毫無興趣，她不希望任何人得救，因為這麼一來就沒有能任她差遣的玩物。倘若我沒有與她相遇，她也會做相仿的舉動，只因為她想要我的那雙手，於是我的手才為了小姐拼接屍體。

畢竟，那也是她唯一對我說過的謊。

「你要好好珍惜喔。那具屍體，是我費了一番功夫才請來的。」

小姐燦爛地笑著。屍體流出的血在她的手心匯聚成湖泊，她將掌心湊近嘴邊，血從她的指縫間流下。

「在你返鄉前，要盡可能為我多做一點，越多越好。沒有你的那雙手，我肯定會很寂寞的，所以你離開的那天，我一定會把你的雙手斬下，約定好了喔。」

我閉上雙眼，卻沒有停下雙手。那雙手已經是小姐的所有物，她不需要緋灘匠人的手藝，無論織布的是惡鬼或仙神都無妨，她只需要一雙隨時能為她浸染鮮血的手。

「我不會回去了。」我說。「除非小姐開口，否則我哪裡都不會去。我已經知道我的餘生是為何而活的了，在完成小姐的面貌前，我都不會離開。」

「你說的是那具長滿爛瘡的屍體嗎？能將它製成我的模樣，的確是相當傑出的作品，可惜那具屍體是永遠都沒辦法成為我的。」

小姐輕撫屍體的臉龐，笑容滿盈地回過頭來。

那是我最熟悉的笑顏，當她飲下鮮血或是看我縫補屍體時，就是這抹微笑烙印在我的心中。我能調整屍體的肌肉，縫製出小姐的笑容。陪同父親會客時，小姐會笑；嚐到山珍海味時，小姐也會笑，但只有面對我的這抹笑容，我怎樣都無法複製。

也是在此刻，我才確信只有這時，她的笑容才是真誠的，她是真心因為這些死者感到喜悅。那些死不瞑目的雙眼至少都還能照映出眼前的景物，但唯獨小姐的雙眼，世俗的一切都進不了她的瞳孔。

這樣下去，我一輩子也無法造出小姐的面相。屆時，無法瞑目的人將是我自己。

我不能接受這樣的結局。小姐明白，所以她給了我答案。

深夜，我避開巡邏的護士，走進小姐的閨房。房內的油燈依然點著，小姐坐在床上，就好像在等待我似的。

「你來了啊，鼻荊。」

「您知道我為什麼而來嗎？」我盡可能用沉靜的語氣問道。

「知道喔。」小姐笑著說：「是為了完成我的塑像吧。」

我點點頭。正是如此，為了完成小姐的面貌，我必須帶她離開才行。

我將小姐從床上抱起，她不僅沒有反抗，反而依偎在我的懷中。我幾乎感受不到她的重量，就像布帛一樣輕盈，不似凡間的造物。

我抱著她，一路走出宅邸，往火車站走去。

曾有一個旅行書商告訴我，火車每天都會在打更人報第四次更時發動第四班列車，那班列車不會鳴笛，車掌也不會查票，很少人知道它的存在，也沒有人知道那班列車駛向何方。

書商說，將來有機會，我可以帶人一起搭上那班列車。

「就是這裡了，小姐。」

小姐的心跳聲微微地傳來，她緊閉的雙眼，依然懷抱著笑意。

車門敞開，就像在迎接我們，我踏上列車，車廂內沒有一丁點活人的氣息。傳聞沒有騙人，這是一班不會查閱票券的列車。

我在車廂裡穿梭，費了一番功夫才找到兩人座的空位。我將小姐置於身旁，原以為她已陷入沉睡，可是當我取出從醫院帶出來的針頭時，才發現小姐正睜眼凝視著我。

已經不行了。我早就下定決心要完成小姐的面容，在前往小姐的房間前，我就先繞去停屍房替它補上唇瓣，現在只差最後一步，我的作品就完成了。

我摟住她的肩膀，將她擁入懷中，同時將手裡的針筒往她的脖子刺去，我聽見小姐發出小聲的驚呼。

不會痛的，我告訴她，什麼感覺都不會有，很快就結束了。

「不是說好，除非我開口，你哪裡都不會去的嗎？」

小姐輕聲低語著。我說我的確哪裡都不會去，因為我還在她的身邊，而且我會一直在她的身邊。

說完，我將針筒餘下的劑量刺入自己的手臂。單是殺死小姐是不夠的，我也必須同行才可以，不僅是因為我對小姐有過承諾，也是因為我知道將那具遺體捆縛在世間的俗物，還沒有隨同焚化爐裡的布帛一同消亡。

「這樣一來，就能完成了吧。取代我之後，它會成為你最卓越的作品……」

她的聲音變得越來越微弱，直到再也聽不見為止。

我摟著她的臂膀在不自覺間失去了知覺，從指尖到整隻手臂，已無法動彈。我知道是小姐拿走了它們，畢竟這原本就是許諾給小姐的東西，只是貪得無厭的我，也強迫她將自己交付予我。

故鄉的耆老告訴我城市裡的人相當市儈，但我僅用一雙手，便換得了大夫老爺的珍寶。那份喜悅，讓我落下了潺潺的淚水。

火車開始駛動，眼前的景色漸漸變得模糊，於是我也闔上雙眼，已經聞不到煤煙的味道了。

※關於《夜長姬與耳男》

坂口安吾於一九五二年發表於《新潮》的短篇小說。敘述飛驒青年木匠耳男受師父所託，前往夜長家替夜長老爺的獨生愛女雕琢守護佛像，然而隨著居於宅邸的日子漸長，耳男也漸漸發現小姐異於俗物的獨特之處……

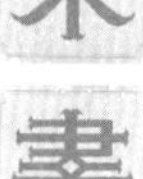

3

在他的帶領下，我們離開農科院，我隨著他搭上機僕駕駛的馬車，沿路上和幾個身穿罩袍，頭戴鐵面罩的侍僧擦肩而過。他們見到主教無不彎腰行禮，這讓與他同座的我很不好意思，畢竟我只是個新進修士，別說待在主教身邊了，平常就連能目睹教團高層的機會都很少。

我想起第一次見到天乙真慶時，他毫不在意自己身分，在祇園面前跪下膝蓋的樣子。

馬車繞過大禮拜堂，在聖物院附近的某座老舊建築物前停下。

黃泉八號雖然是教團的核心城市，但畢竟還是建立在舊時代的廢墟之上，因此城內除了有特定功能的修道院或教養殿外，主要的建築還是前人留下的遺跡。

灰色的建築看起來就像褪色一樣，由於整棟樓獨立於其他房舍，因此看起來格外顯眼，在木質的門板上掛著一個招牌，寫著數字「三四三」。

〈玫瑰的名字〉（原著：安伯托．艾可）

「這是教團的倉庫？」

「存放物品的地方都可以說是倉庫。」

主教打開門，帶領我入內。

率先迎接我們的，是由機僕坐鎮的接待櫃臺，那名機僕的雙眼已經被鏡頭取代，由於接待工作不需要雙手與雙腳，因此他的四肢都被切除，許多電路管線從一旁的伺服馬達延伸，並透過口腔安裝在體內，供給他運作所需要的能源。

主教向那名機僕報上姓名與來意後，機僕眼窩中的鏡頭快速閃爍了一下，接著從喉嚨的發聲器傳來：「歡迎您，天乙真慶十七主教。」

「來吧，有東西想讓你看看。」

接受掃描的人只有主教，但機僕似乎能夠辨識與他隨行的人，當我和主教一同穿過櫃檯旁的閘門時並沒有被攔下。到現在，我還是很難習慣這些被改造成機械的人的模樣，可是也不得不發自內心對他們奉獻的精神感到佩服。

整棟建築的格局相當複雜，複雜的原因是因為用途不明的房間很多，間接壓縮走廊的空間。

我看不懂門上的文字，隱約只聽得見門後機械運轉的聲音，即使好奇，以我的身分也沒資格過問，我只能忍耐越發膨脹的好奇心，跟在主教身後。

「就是這裡了。」

經過無數個看起來都一樣的房間，最後來到一面雙扇門前。主教敲過門後，一個低階教士前來迎接我們。

「祇園？」

讓人吃驚的是，這名低階教士正好是我那懶惰的室友。

「尼、尼……」

「你這傢伙根本不記得我的名字吧？」

祇園身後是一個偌大寬敞的空間，正中央有一座約兩米高的機械裝置，遠遠看去，就像一口棺材，而棺材周圍有好幾名高等教士與機僕正忙著拆裝上面的零件。

在我們吵鬧時，一個戴著防風目鏡的女人也扔下手邊的工作來到我們身邊。

「哎呀，是什麼太陽風把你吹來這裡的？天乙真慶主教。」

「久疏問候，婆羅浮屠大導師。」

「別這麼客氣，上次見面只是一百二十小時又三十七分鐘前的事而已。」

兩位具備大導師名號的人互相握手後，那女人看向我問道：「這位尊貴的弟兄是忘記把教袍扔進洗衣機裡了嗎？」

我心一驚，想起自己身上還穿著低階教士的衣服，不知該如何回應，只好羞愧地低下頭保持沉默。

不過，把我帶進這棟建築的人畢竟是主教，我受人調侃，某方面而言也是不給他面子。他立刻走到祇園面前，並回擊道：「那看來忘掉的人不只他一個。大導師，不久前我才替您身邊這位少年主持過還原儀式。不知道你的腿治好了嗎？」

被這麼一問，祇園也像我一樣患了短暫失語症。低階教士就是如此，不論是上司主管說了什麼，沉默永遠都是最好的應對方式。

「原來你的腿有傷啊？那還真是抱歉，老叫你幹些粗活。」

婆羅浮屠不在乎地聳聳肩，看來她和天乙真慶不一樣，是屬於大而化之的個性。

「但就算你斷手斷腳了，我也不會輕易放你回去。清水說得沒錯，你這小子比我想像的好用多了。」

「承、承蒙大導師厚愛。」

兩人擅自開展的對話讓我一頭霧水。我一直以為祇園是個會把日課翹掉的問題修士，結果在我完全不知道的狀況下，他竟然已經開始替大導師工作了？而且把他介紹給大導師的人還是清水修女，這兩個人的關係不是很不對盤嗎？

「天乙真慶，多虧你替他還原，我至少有四萬多個小時沒見過像他這麼優秀的新人了。你呢？跟在你身旁的那小夥子莫非也是從猶加敦出土的？」

「他的思想開明。尤其是在教義的解釋上，與我不謀而合。」

「你讓他置身險境的同時，還不忘往自己的臉上貼金啊。」婆羅浮屠開懷地笑出聲來，忽然摟住我的肩膀低聲說：「小修士，大主教的思想偏差已經是人人皆知的事情了，你若沒有如他一般的貢獻，還是別妄想跟他走上同一條路比較好。」

「……是？」

「閒話已經夠多了。大導師，我來這裡只是想確認裝置的進展。」

「萬機神肯定忘記在你腦內安裝幽默感了。」

婆羅浮屠一走到裝置前，其餘教士和機僕便立刻退開。那口鋼鐵鑄成的棺材以稍微傾斜的角度聳立在基座上，棺蓋的頂端與棺材相連，讓人聯想到掀蓋式的行動電話。

地上到處都是粗肥笨重的輸送管和電纜線，我小心地避開它們，跟著兩位教團高層繞到棺材後方。棺材的背面仍有許多零件暴露在外，就算是我也明白這台機器距離成功運作尚有一段距離。

「大人，請容許我提問，這就是您要讓我看的東西嗎？」我問。

「是的。」他輕咳一聲。「大導師，不知道可不可以請您替我向尼達洛斯兄弟說明這項裝置的用途？」

「你叫尼達洛斯啊？真是好名字，剛好提醒我上一個尼達洛斯是怎麼死的。」婆羅浮屠再度露出大喇喇的笑容。「這項裝置解釋起來很簡單，但實際說明很難。總之，這是一個能讓時間暫停的機器。」

「時間機器？」

「No，不是清水之前撿到的那個，是比那東西更厲害的發明！小修士，你明白暫停時間有什麼意義嗎？這意味著你有永恆的時間可以運用！別人的一天只有二十四小時，但你的時間是無限的！當地球停止轉動，太陽永遠都懸在天上時，只有你一個人活蹦亂跳，想做什麼就做什麼！」

「聽起來的確很厲害……？」

「只可惜這麼厲害的東西世界上就僅有這一架。」

「是因為教團還沒有找到製造方法嗎？還是萬機神不允許重鑄這個裝置？」

事到如今，我也沒必要在乎身分階級權限了，想到什麼就問什麼。主教特地將我帶來這裡，想必就是希望我弄清楚裝置的原理，就算沒辦法明白，至少也要有個基礎認識才行。

「啊啊，都對！你說得都對！這東西是七千八百二十一個小時前，在某座廢棄醫療中心裡找到的，當時類似的裝置還有好幾座，不過幾乎都已經壞了，只剩這具還能啟動。想想也是理所當然的，畢竟是能暫停時間的機器，如果同時存在好幾座，那到底要以誰的時間為準呢？你說是吧？」

我懵懵懂懂地點了點頭。

「遺憾的是，當初發現這座裝置的醫療中心裡並沒有找到記載使用方法的典籍，所以教團一直將它封存在三四三聖所，直到最近，操作方法才由解碼庭的同事們從另外一本書中找到。」

「那麼，已經測試過了嗎？」

「嘿！這就是我要你問的。」婆羅浮屠談了個響指。「答案是沒有！因為這樣的機器只有一座，教團承受不起失敗的風險，所以直到前陣子議會都禁止派人進去操作，否則要是一坐進去就砰～！該怎麼辦啊？」

「您說直到前陣子，意思是現在解禁了？」

「聰明！一切都是多虧我們的天乙真慶主教！他向議會提出文獻證明，還開出了讓那群半機械章魚都嚇一跳的條件。畢竟放著這麼好的先祖遺產不用，未免也太可惜了嘛！各位鄉親父老兄弟姊妹，你們說是不是啊！是喔！」

婆羅浮屠發出禮炮鳴放的聲音。我不知道這個人的情緒為什麼能一直保持在這麼亢奮的狀態，也不知道人的喉嚨是怎麼發出這種聲音的，但我試著不要去理解這些問題。

因為不祥的預感已經在我心中產生悸動。

「主教，您該不會……」

我僵著臉，看向身旁那位戴著面具的高瘦男人。原本纏在腦子裡的結突然解開了。

一個剛加入不久的低階修士，要怎樣才有權限接觸教團尚未公開的技術？

很簡單，只要他也參與這項研究就行了。

但什麼都不懂的低階修士又要如何參與研究呢？

只要他成為研究本身的一部分就可以了。

「D就是Disposable的D～♪」

婆羅浮屠大導師已經開始唱起我聽不懂的語言了。

「你猜對了，尼達洛斯，教團決定的操作人選——」

主教斜著眼睛對我說道。

「……是我女兒。」

「咦？」

〈銀河鐵道之夜〉（原著：宮澤賢治）

1

晚霞的餘光未逝，夜幕早一步填滿灰濛的天空。地上的水窪被小二子的四條腿踩出無序的漣漪，驟雨未停，空氣中卻瀰漫著水煎藥的味道，就好像散不去的烏雲，來往的行人與車伕臉上都帶著陰鬱的色彩。

離開那間倉庫後，數不清過了多少天，但每次只要想起從胖男人口中說出的那個名字，一股厭惡感便會油然而生。

就算是拾荒者也不會漫無目的地踽踽前行，但我曾以為這段日子永遠不會有結束的一天，至少在她放棄前，車輪會持續轉動。

結果，一切就要在今晚結束了。或者說順利的話，一切會在今晚結束。

雖然這是我第一次造訪這座城市，卻沒有一個旅行者不知道這裡以先進的醫療技術聞名。在缺乏文字紀錄的時代，這座城市始終都沒有被賦予一個正式的名字。追溯它當初發展起來的原因也沒有意義，因為只要那些前來求診的旅人願意在往後餘生中，不停傳唱名為醫學的奇術就夠了。

時刻表上，今天的最後一班班車早已駛離，車站前一個人也沒有，只有幾隻烏鴉站在閃爍的路燈上，嘴裡銜著不知從哪裡叼來的肉塊。

牠們拍動翅膀，發出沙啞的叫聲，往車站旁那棟破敗的宅邸飛去。

那棟宅邸不全然是舊時代遺留的廢墟，從窗戶和雨棚修補的痕跡就看得出來，不久前——也許是幾個季節前，曾有人居住在那棟宅邸。

狗車駛過建築的大門前，門楣上的招牌已經不見了，在水泥牆上留下一個突兀的印子。槲寄生與爬藤包裹了屋子其餘的部分，窗戶裡站著失去雙臂的人體模型。

兩個拾荒者正在鐵桶燃起的篝火旁搓著手掌，一具擔架被他們擱在一旁，擔架上覆著白布，白布下透出人的身型。

也許那棟宅邸就是這座城市的縮影。幾個世紀前繁華過，幾年前人們也成功讓它再度繁華，但現在人們只記得它曾經繁華。

儘管如此，這裡還是比那些建築在一片荒蕪的小城村熱鬧。在這樣的城市，不可能連一間旅店都沒有，我如此想著，就這樣悠悠晃晃地讓小二子又多轉了一會兒，直到目光被前方的旅館招牌捕捉才停下腳步。

旅館的招牌上沒有書寫任何文字，而是將一張木板床釘在屋簷上。大多數人不懂文字，頂多只能憑藉記憶描繪出類似的幾何圖形，所以像這樣的作法並不少見。

「你好，住宿嗎？」

一個女人推開店門，向我們招呼。她的眼睛只有杏仁大小，嘴巴卻大得不可思議，活像漫畫裡走出來的人物。

「你們這裡還有沒有附車庫的房間？」

「有的有的。外頭這麼冷，怎麼想都不能讓牠受寒了是吧？」女人一邊撫摸小二子的頭，一邊笑著說。

與其他地方不同，這裡的財源主要出自前來求醫的旅客，因此大多數旅館都附有私人車庫或牛棚，就連接待大廳也有專員幫忙噴灑酒精消毒。

安頓好小二子和同行旅伴後，我隨女人來到櫃檯，準備付帳。

「那麼你們打算住多久呢？」女人問。

「幾天吧，但應該不會超過一個星期。」我說：「而且要住的不是我們，是我的狗。」

「喔……」

「所以我希望這段期間能有人替牠打理三餐，除此之外，牠比嬰兒還安靜，甚至會自己出去找廁所。」

我將裝滿瓶蓋的小布袋放到櫃檯上。

「這段期間的旅費請從這邊扣。」

「我明白了。」女人收下布袋，「所以兩位是來看醫生的？」

「不，是來搭火車的。」

「原來如此。」她若有所思地點點頭，接著說：「本來想說如果你是來求診的，我可以幫你推薦幾家有良心的診所。」

「有良心的診所。」她的話引起我的興趣。「意思是還有黑心診所嘍？」

「比你想的還多。」她以自嘲的口氣說。「不然你看這裡，又怎麼會被搞成這個樣子？」

我率先想到的是那些烤火的拾荒者，而她指的大概是這空蕩的接待大廳。

接待大廳除了我之外，就沒有其他客人了，依我對旅館的印象，這裡總是會出現翹著二郎腿看報的中年人，或是正在安撫小孩的年輕媽媽，但現在只有因為閒得發慌，開始亂噴酒精的服務員，所以我猜我們想到的應該是同一件事。

「去過車站了嗎？」女人接著問。

「去過了，但沒走進去。」

「沒關係，因為末班車已經過了。我想問的是，你有看見車站旁的那棟大房子嗎？」

我說有，於是女人繼續說道。

「那曾經是一間醫院，是城裡最好的醫生開的。不過自從那個醫生自殺後，整棟房子就荒廢到現在了。」

「自殺？」

「好像是女兒被外面招聘來的長工殺死了。細節我不是很清楚，但那些不好的名聲大概就是從老醫生死後傳開來的。」

彷彿是為了一段冗長的故事做準備，女人拿起手邊的水壺，將茶水注入空杯，然後把其中一杯推向我。

「謝謝。」我說。

「大家知道這裡的醫師醫術高明，所以過去每天都有幾百，甚至幾千個外地人來我們這求診。可你知道，並不是每個花了錢的人都能康復，沒能醫好的人就都交給那位老醫生處理了，畢竟這也是門生意。」

「是殯葬業吧。」替活人治病的同時也替死人入殮，精明的一條龍服務。

「是叫這名字嗎？我不清楚，我只知道那些屍體確實很值錢，否則不會有那麼多人在老醫生死後搶這飯碗。」

她長嘆一口氣，凝視著握在手裡的茶杯。

「那些沒良心的愛怎麼做沒人管得著，別拖我們下水就好。繼續發死人財，這座城市早晚會毀在他們手裡。」

我心生疑惑，不過就是替染病過世的人處理身後事而已嗎？就算同行競爭再怎麼醜陋，應該都不至於影響到這座城市的存亡才對。

正想繼續追問，女人就收起臉上的陰霾，擺出那抹只要嘴角上揚，看起來就很誇張的笑容問道：「所以你們大老遠跑到這裡，就只是為了搭火車？應該是要去哪個城市辦事吧！」

「去見一個老朋友。」我說。

「那打算明天搭什麼時候的車？我得先提醒你，可最好別太晚出門啊。」

明定的班表上，火車一天有早、中、晚三班。由於時鐘的技術不普及，至少對大部分的老百姓而言，二十四時制是一種已經失傳的概念，因此每次列車進站的時間也都不一樣。

有時早班車會在日正當中時才進站，有時午班車則要等到太陽西沉才駛動。聽女人說，她有大半的客人都是沒趕上末班車的倒楣旅客。

「不會太晚的，只要打更人別忘記敲響第四次更就行。」

「你知道？」女人睜大眼睛，不可思議地看著我。我也透過她的反應，間接證實了消息的可靠性。

「旅行的路上跟同行打聽來的，關於第四班列車的事是真的嗎？」

「呃，是有這回事。」女人僵著臉說。「這不是什麼祕密，至少住在這裡的人都知道。」

「但妳的表情似乎不是這麼一回事。」

「不……只是第四班車是不載客人的，所以我們也沒特別跟客人說明，就只是這樣。」

她笑了笑，臉上的肌肉依然很僵硬。

「如果班次沒有誤點的話，搭早班車能在車廂裡欣賞日出，晚班車可以看夕陽，就連午班車偶爾都會提供旅客小點心。我知道這樣問很失禮，但是客人你看起來不像是缺錢的樣子啊！應該不用特地為了省車票……」

這我也有聽說，第四班列車因為不載客，所以車掌不會查票，於是許多沒有錢搭火車的窮人都把希望寄託在這輛班車上。

但仔細一想，就會察覺這句話有多麼不尋常。

笑容依然沒有從這位熱情的女店主臉上消失，不過她的眉頭卻違反本人意願般，糾結成一團。

那是為什麼呢？

「沒什麼。」

在她繼續追問前，我將剩下的茶水喝完。

「就只是去見一個老朋友。」

2

走遍各地，鮮少有地方具備確切的時間概念，因此聽說這座城市有打更人時，我感到十分意外。而且這種舊時代的報時制度早在車站建立前就存在了，據說目的是讓醫療人員能夠掌握病患服藥與休息的時間。

戌時一更是晚上七點，接下來每兩個小時一更。我擔心錯過班車，遲遲不敢入睡，反觀紫虛，亥時未至便已進入夢鄉。這段旅程下來，她隨時都能入睡的能力總是讓我佩服。

我瞪著她的睡顏，聽著樓下小二子的鼾聲，拜這兩位朋友所賜，我的眼皮也越來越沉重。

這陣子，我往返各地，四處打聽師傅的下落，好幾次前腳剛踏入某座城市，就得知師傅後腳才離開。為了追上他，我常常請小二子熬夜趕路，等到白天，我去城裡張羅旅費時就讓牠好好休息。如此循環，至少不至於辜負這位陪伴我多年的好友，還有將牠託付給我的人。

因為我相信烏龜也追得上阿基里斯，所以真正沒有休息的人其實只有我而已。

萬一不小心閉上眼睛，就不會只是一分兩分的事了。

連日疲勞累積下來，最後我還是沒能抵抗睡意侵擾。

「……」

意識朦朧間，感覺到有人正在捏我的臉。

「……」

而且越捏越大力。

「醒了？」

張開眼睛，看見紫虛正瞪著我。

「除非死了，否則不醒都難。」

我挺直背脊，一邊揉著差點就腫起來的臉頰。

「第幾更了？」

「還有一千兩百二十四秒會打第四更。」

「……難道妳一直都沒睡？」

「睡不著。」

看來我該收回幾小時前對她的評價。

一千兩百多秒，也就是說還有二十分鐘。我不知道這是指列車進站還是離站的時間，但考慮到現代人優秀的時間觀念，我想我們還是盡可能早點去車站比較好。

我將手槍收進外套內側口袋，和紫虛走出旅館，一路往車站的方向走去。

外頭依舊在下著毛毛細雨，經過廢棄宅邸時，那兩個拾荒者已經不見了，只留下堆著灰燼的鐵桶。我聽見火車的汽笛聲，直覺告訴我火車準備要出發了。

和稍早時不一樣，深夜的車站前停著好幾輛牛車，車夫不知道跑去哪裡了，我們的出現也吸引不了牛隻的興趣。我瞥一眼車斗，發現上面空無一物，大概是已經被運上火車了。

汽笛聲再度傳來——

沒有時間了。我催促腳程慢的旅伴加快速度，一邊透過路燈的死角潛入車站。

車站大廳內不見任何人影，空蕩的售票亭裡只有堆滿灰塵的鐵櫃和發黃的文件。可能是為了運輸方便，通往月台方向的整面牆都被打掉了，在裸露的鋼筋水泥後方，數十米長的鋼鐵巨獸映入眼簾。

來自十九世紀的蒸汽火車出現在有二十世紀末建築風格的車站裡，說明重鑄的只有火車本身，車站與鐵軌則沿用前人的遺產。

若不是情況緊急，我一定會留下來好好瞻仰火車的全貌，畢竟長久以來都只能在書上見到的舊時代造物，此時卻清楚地照映在肉眼中。任何一個對過去稍有了解的人，肯定都會為此感到驚艷。

隨著一陣悶響，火車晃了一下後開始駛動。很不巧，第四班列車在對向月台，距離我們有至少十幾公尺的距離，之間還隔著一米深的鐵道。

「紫虛，快點！列車要走了！」

「……要、要……橋……嗎？」

「走陸橋肯定來不及。」

一路奔來，我的旅伴已經把她的體力用盡。如果再要她爬上爬下，等我們抵達對向月台時，搭上的可能就是早班列車了。

顧不得她的意願，我將紫虛抱起，跳下月台。身後傳來某人的喝斥聲，也許是值班的站務員，或是負責卸貨的工人，不斷從火車頭冒出的白煙提醒我，不管是誰都無所謂。

我將紫虛放上對向月台，隨後自己也爬上去。火車的速度越來越快，我們抓緊時機，跳上其中一節車廂。

慣性……總之就是某種物理現象害我們撞得東倒西歪。我抬起頭，看見月台上的景物飛快地從我眼前消失，堆在角落的貨箱、負責裝運的工人還有那些擱在地上，令人費解的擔架，這一切都隨著傾瀉的煤煙被留在視線的盡頭。

「明明就趕得上。」

被我壓在身下的少女不悅地說，我連忙起身。

「我是會在學校先把作業寫完的類型。還有妳變重了，以後少吃點橘子。」

她朝我翻了個白眼。

高速行駛的列車讓毛毛細雨頓時猶如暴雨一般，雨水刮過臉頰甚至能感到些微的刺痛，不停灌入肺腔的煤煙更是讓人不適。每行駛過一段距離，車身就會迎來一陣劇烈晃動，像是石頭被輾碎的爆裂聲不時夾雜在風中。

繼續待在車廂外也無濟於事，何況火車還在持續加速，要是不小心墜落，恐怕會落得血肉模糊的下場。

幸好，車廂並沒有上鎖，只要輕輕一拉就能打開。

由於無法確定內部情況，我盡可能不發出任何聲響，就算傳言說第四班車不查票，也不代表車掌看見我們會露出好臉色。

讓人意外的是，車廂內遠比我所想的還要奢華。

一整排的煤油汽化燈被安置在車頂，雖然有鋼鐵的外殼，但內部是由拋光過的木材打造，兩側的桌椅都覆著白色的桌巾和椅套，絨布地毯的花樣狀似古波斯遺留下來的紋路。

「剛好跳上餐車。」

「嗯，而且裡面一樣是仿造十九世紀的風格。」

紫虛從我身旁走過，一手撫過白桌巾。接著她轉過身，向我伸出食指。

「一點灰塵都沒有，代表每天都有人清潔。」

「難怪普通人坐不起。」

在這個時代，除非有特殊理由，否則講求衛生與清潔都是很奢侈的夢想。

我不知道乘務員平常是否也會在這裡用餐，但現在正值深夜，所以餐車上沒有人也很正常。

由於不清楚其他車廂的情況，我讓紫虛先留在餐車裡，避免讓她也陷入不必要的麻煩中。

「我去前面車廂看看。妳就在此地，不要走動。」

「你打算玩這爛梗玩到什麼時候？」

我替她拉開其中一張椅子，四人座的餐桌底下有足夠的空間，再加上桌巾掩護，萬一真的有乘務員進來，她也能立刻躲到桌子底下。

我穿過餐車，外頭依然風雨交加，我跨過連結車廂的鐵板，接合處的空隙底下隱約能看見道渣碎石的影子飛快在眼前掠過。

前一節車廂的格局完全不同。

和餐車相比，走道更為狹小，那是因為右手邊一側的牆面壓縮了行走的空間，牆上鑲著小窗，看見裡面的床鋪和沙發椅，我立刻明白這節是臥鋪車廂。

原以為這班車不載客，我卻看見有三名乘客躺在床鋪上熟睡，倘若是一家人共同出遊倒沒什麼稀奇，但這三名乘客都是年紀相若的男性，更令人納悶的是他們衣衫襤褸，雖不至於像路邊的拾荒者落魄，倒也不是搭得起火車的扮相。

他們可能也是聽說深夜班車不查票，所以偷跑上來的旅人。我不認為事情會如此單純，現階段卻只能先這麼想。

第二間臥鋪和第三間臥鋪也一樣，所有房間的窗簾都沒有拉上，所以從走廊可以清楚看見裡面的情況。好幾個人的身子疊在一塊，寬敞的雙人床也頓時變得擁擠。這些人之中有小孩，也有老人，但不論是哪個房間的組合，看起來都不像是一個普通的家庭。

不安的想法在心中蠢動，雨水滲入我的鞋底，帶著揮之不去的涼意。

來到第三節車廂時，我終於忍不住了。

附有吧台和撞球桌的觀景車廂內，幾張沙發椅被隨意地擺在各個角落，款式和臥鋪車廂裡的相仿，而每張沙發椅上，都坐著熟睡中的乘客。

我走到距離我最近的老人身旁，將右手探入外套內側口袋，另隻手嘗試搖晃老人的身體。

老人的身體異常冰冷，幾乎感覺不到活物應有的體溫。他的頭自然低垂，雙唇發紫，身上也出現大大小小的黑色斑點。

接著，我將手指伸向他的脖子。

第四班列車不載客，所以車掌不查票。

至此，我總算搞懂這句話到底是什麼意思了。

3

車掌不查票是因為搭上這班車的旅客不需要買票。

不載客是因為搭上這班車的旅客不是客人，而是貨物。

我強忍住自體內深處湧現的不快感，繼續確認車廂裡其他乘客的生命跡象，證實我的猜想沒有錯。

無論是臥鋪車廂裡的人或觀景車廂裡的人，全部都已經死了。

傳聞中的第四班列車，是專門用於運送屍體的班車。

連續幾節車廂，我都沒有看見那個人的身影，但如果我的情報沒錯，那個人肯定也在這班列車上。再往前去就是火車頭了，代表他應該在後面的車廂，我決定先去跟紫虛會合，順便告訴她這輛列車的事。

穿過臥鋪，我拉開通往餐車的門。也幾乎是在開門的瞬間，一陣刺耳的笑聲便傳進我的耳裡。

在車廂的盡頭，紫虛就坐在位子上。她的面色比平常更加蒼白，正凝視著坐在她面前的灰髮男人。

灰髮男人。

就算我只看到他的背影，連性別都無法判斷，我依然確信他就是我要找的那個人。

「已經幾年了？」

當我將槍口指向他的腦門時，聽見他這麼問道。

「柯羅諾斯。」

「你不再稱呼我師傅了，小學徒。」

我強忍住扣下扳機的慾望，咬著牙回道：「我已經跟你沒有關係了。」

「的確，你早就是可以獨當一面的書商了。那既然你我之間不再有任何瓜葛，你又為什麼要帶這姑娘搭上這班列車？」

「答案你應該已經知道了。」

我望向紫虛，卻發現她也在看著我，她的雙眼濕潤，愕然地搖了搖頭。

曾是我師傅的男人揚起下巴問道：「小學徒，告訴我這位姑娘叫什麼名字。」

「我為什麼要告訴你？」

「因為這是談話基本的尊重。既然你沒有扣下扳機的勇氣，就不妨先挑個位子，或許窗外的雨聲能讓你好好冷靜一下，順便為自己魯莽的行徑反省。」

他伸出手，示意我在紫虛的身旁坐下。

無論是口氣、用詞，這個人渾身都散發著讓人不悅的氣息，但是他說得沒錯，我的確沒辦法在這裡殺了他，不是因為下不了手，只是因為我還沒有從他口中問出答案。

大概是看見我一舉一動都遵循著他的話做，他露出更令人火大的笑容。

距離上次分別，已經是許多年前的事。我從未過問，也沒興趣知道他的年齡，對大部分存活於世的人而言年紀多寡也不重要，但他依舊蓬亂的灰髮垂至肩上，穿在身上的那套如修道士般的長風衣也沒有增添任何補丁。

那面貌與身形，依然如同我的記憶般惹人生厭。

「紫虛。」我答道。「接下來無論他說什麼，一律由我回答。」

「又是這種自以為是的溫柔，看來這些年來你也沒有變。」

「這不是溫柔，只是因為你不配跟她說話。」

「遺憾。」

柯羅諾斯一副了然於心的樣子。

「可惜你們才是尋求解答的那方，而你現在擁有的籌碼只有手上這些射不出去的子彈。」

「如果你問過古德曼就不會這麼早斷言。」

「古德曼……」他的眉毛抽動了一下。「你是說《馬爾他之鷹》？那本書……」

「不只是那本書而已，你同時也用書中的角色替一群拾荒者命名。別說你忘記了。」

「我沒有忘。」

他低聲呢喃，接著瞇起細長的雙眼，目光投射在我身旁的旅伴上。

「紫虛，還有那頭白髮……所以妳果然是那個人的女兒。」接著他又問了相同的問題：「已經幾年了？」

在紫虛開口前我攔住她。

「我說了，接下來由我回答。」

「這是個好名字，妳的母親當初必然費了一番巧思。」

我看見紫虛放在雙腿上的手默默握緊了拳頭。

「柯羅諾斯，古德曼已經告訴我了，是你指使他們襲擊圖書館的。」

「不錯，但這不是你真正想問的問題。」

我裝作沒聽見，接著問：「你這麼做的理由是什麼？」

「你希望我給出什麼樣的答覆？」

「不要用問題回答問題。『我們是書商，不是匪徒』，這句話我一直都記在心裡，也從來沒有做出愧對書商之名的行為。就算你是個無可救藥的人渣，我還是不會忘記是誰教會了我這句話。」

「那的確是少數值得你恪守的信條，因為不管你再怎麼恨我，我也不希望你輕易地作賤自己。可惜，我說了，這不是你真正想問的。」

「問什麼問題是我的自由。現在，回答我！」

「為了幾本書，以及那些書所帶來的巨大利益。」

「書……」

他微笑道：「很意外嗎？」

「……什麼樣的書？」

「一些記錄舊時代發明的典籍。小學徒，你應該知道這個世界上有一群人把他們的人生都奉獻給了過去的科技吧？他們狂熱地崇拜那個叫什麼……」

「萬機神。」

一提起那尊虛構的神祇，我的腦中立刻浮現那名與我結下孽緣的修女。

「是呢，萬機神。」柯羅諾斯點頭道。「這些人對紫虛姑娘家的藏書很感興趣，畢竟在那座圖書館裡幾乎蒐羅了所有早已失傳的技術，其中也包含交通工具的設計圖。」

「你是說……汽車？」

「不僅汽車。」他攤開雙臂。「你現在身處的空間，也是拜那些書所賜。」

難怪。

這輛火車從裡到外都散發著舊時代的氣息，因為它根本就是仿造書上的設計所製造的，不單單是相似而已，根本一模一樣。

「他們無法**真正理解**書中的內容，可是無所謂，只要有人告訴他們下一步該怎麼做就好。就像工廠的機器不需要懂得思考，還是能依照預先寫入的指令把產品製造出來，不是嗎？」

那群拾荒者奪走的典籍中也包含火車的結構、技術原理和製造方法，所以科技教的人就照著上面的指示，製造一輛十九世紀的蒸汽火車，同時還重啟早已廢棄的車站和鐵道。

「所以在發明蒸汽火車之前，照理來說，人類應該先對熱力學與材料科學有基礎的認識，但這些發展過程被輕易跳過了。我原以為交通技術革新後，科技會快速進步，可惜到頭來工業革命還是沒有重新上演。」

「所以你指使那些拾荒者，是為了把書賣給科技教……？」

「賣？不，你誤會了，小學徒。」

即使只有一瞬間，但我彷彿看見柯羅諾斯瞥了紫虛一眼。

「我不會販售不屬於我的東西，而且我也對科技教沒興趣，哪怕他們是為了全人類的福祉奮鬥，也不關我的事，因為就算末日來臨我也不在乎。」

「那你到底是為了什麼？」我的耐心正在快速磨損。

「因為很有趣，不是嗎？」

他說。

「我們走遍世界各地，將書帶給那些有錢人，好讓他們排解無聊。那我們呢？誰來解決我們的無聊？終有一天你也會明白，當世界上再也沒有人能寫出新的故事時，你就不會再滿足於這些凋零的文字，只有渺小的心靈會輕易被忠貞的信念所填滿。」

「可是你幫助的這些教徒，他們也只是在複製前人的發明……」

「小學徒，我問你，你讀過的任何一本史書，有提過萬機神這位神明嗎？有哪一本典籍有提及科技教嗎？」

「……沒有。」

「當然。因為我們都知道這是某個瘋子從科幻小說上抄來的東西，但五百年後的人在瓦礫堆裡翻找我們這時代的遺跡時，他們不會找到那些早已死在過去的神明，他們只會相信人類曾經膜拜過萬機神這尊偽神。」

雨水凝結在窗戶上，在沒有月光的夜晚，外面的世界彷彿沒入深淵。

「毫無疑問，我依然覺得這些教徒相當可笑，可卻是這些蠢蛋讓我們能在時速超過一百公里的火車上再次聚首。」

我抬起頭，煤油燈的光芒已經如陽光般眩目，明明普通的燃油燈都尚未普及，這輛列車卻已經用上更新的發明。

「所以你才把希望託付給他們。」

「你還是沒明白，這些都不代表我的想法。這是我的一個老朋友說的，一個曾經也想要寫書的老朋友……至於我怎麼想都不重要，因為決定那些書去留的人不是我，我以為我已經說得夠清楚了。」

「那麼那些書……」

我的話說到一半便失了聲，沉積在心裡已久的疑問再度被我吞回肚裡。

「你還想問什麼？」

「不……」

「是嗎？」他沉吟了一會兒，接著說：「那換我提問了。」

我心一驚，可是在猶豫該不該開口時就已經錯失時機了。

「你又是為了什麼？」

「什麼意思？」

「不惜找到古德曼，一路追蹤我到這輛列車，只為了問出那天在圖書館發生的事，這已經和書商的工作無關了。所以我想知道紫虛姑娘給了你什麼？而你又給了她什麼？就只是這樣而已。」

「這些問題才與你無關。」

「帶你離開那座宅邸時，我知道你一輩子也忘不了那個女孩，所以我要你永遠帶著這份愧疚感而活。但是在那座城市替奴隸少年送行時，我知道你早晚該忘記這件事，所以我要你別浪費眼淚，別為了自己以外的人傷心。」

「你那些屁話我一句也記不得。」

「告訴我，你身旁的旅伴對你而言是什麼？」

我故意和他別開視線，躲避來自他身上的氣息。我知道他並不是真的好奇我和紫虛的關係，他只是想藉此嘲笑我的懦弱，嘲笑我至今仍不肯面對的現實，他想逼紫虛問出那個問題，再由我親口對她說出答案。

「沒辦法回答嗎？」

我保持沉默。

「理所當然。」

他的嘴角上揚，旋即便收起笑容，語氣也倏然變得冷漠。

「因為你是為了這女孩才搭上這班列車，她也有權利知道那天圖書館到底發生了什麼事。但同時你也很清楚，我的動機對她而言其實根本不重要，此刻她最想知道的，應該是雙親的下落才對。」

原本投射在我身上的目光不知不覺間已經轉移到紫虛身上了。

「如此顯而易見，而你就是不肯問這個問題，甚至不許她開口。表面上是為了保護她，實際上是你知道她信任你，所以她不會察覺說謊是你做為書商的天性。」

「閉嘴！」

我慌了陣腳，再次將手裡的槍口指向柯羅諾斯的胸膛。

「你總是在犯一樣的錯誤。」

「……別再說了！也不要再擺出那副嘴臉了！」

「那就告訴她，告訴她古德曼跟你說了什麼。」

明明是不久前的事，卻驀地像是遙遠的記憶，只因為那晚過後，我拚命想忘記它，卻怎樣都忘不了。

那天晚上在倉庫裡，我親耳聽見古德曼說——

「不用說也沒關係的。」

「……紫虛？」

我嚇了一跳，才發現她已經把手放到我的手背上。她的掌心滿是汗水，我這才明白從剛才開始她就一直在忍耐。

「已經可以了，謝謝你。」

「可是……」

感覺握住我的手力道稍微加重了些，我的聲音也漸漸小了下來。

「因為真正要道歉的人，是我才對。」

我以為我聽錯了，於是別過頭，困惑地望著她。從她的側臉，我卻看不見分毫動搖。

「雖然只是預感，但我早就知道媽媽可能已經不在了。從你帶我離開圖書館，看見那灘血跡之後，我大概就已經猜到發生了什麼事。」

我的雙唇正在顫抖，依然什麼話也說不出來。雨水的氣味一時麻痺了其餘的感官。

「可惜我沒辦法告訴你真相，因為那只是我的猜想……我不能把捏造的故事當作事實，只好拜託你替我找到爸爸媽媽，這樣才能證明我想的沒有錯……」

「……妳說的故事，是什麼？」

好不容易我才終於從喉嚨深處擠出一點聲音。

「媽媽死去的理由。」

我等待紫虛進一步解釋，可是當她再次開口時，聲音完全被雨聲蓋過。

「……柯羅諾斯。」紫虛宛如低語般說道。「這是你的名字？」

「是的。」面前的男人再度擺出他營業式的虛假笑容。「終於願意開口了嗎？來自圖書館的小姐。」

「看來你並沒有打算隱瞞認識媽媽的事。」

「我和妳的旅伴不一樣，深知謊言和毒品是如何殘害人類千年。」

「那媽媽她——」

「嚴格說來，和我有所往來的人並不是妳的母親，只是因為看見妳才讓我想起她。」

柯羅諾斯打斷紫虛，帶著戲謔的笑容瞅著我說。

「沉默寡言，毫無個性，臉上從來不會表現出任何情緒，就像人偶或是機器一樣冰冷，唯獨把圖書館的藏書看得比什麼都重要，在她眼中，活人恐怕都比不上一本書來得有價值……小學徒，讓我猜猜看，你的旅伴是不是也像她母親一樣，只有書才能讓她們活得稍微貼近人類一點？」

在我出聲反駁前，紫虛淡然答道：「或許吧。」

「紫虛……」

柯羅諾斯這席話並沒有激怒她，也許真的誠如他所說，對紫虛而言，表達情感是一件很困難的事。

但我相信當她握著被撕下的書頁，告訴我想找到父母親時，那絕對不是謊言。

「柯羅諾斯先生，本來看見有人走進這節車廂，我應該躲起來的，不過我並沒有這麼做，而是選擇留在位子上，等待你坐到我面前。」

「哦？」

「因為我見過你。」紫虛說：「從我出生至今，圖書館唯二的訪客就是你和另外一位皮膚黝黑的先生。我所見過的陌生人，就只有你們。」

「阿格拉。」

柯羅諾斯側過身子，再度環視整個車廂。

「妳所說的那位黑皮膚先生叫阿格拉。為了紀念他所做出的貢獻，這輛列車也是以他命名。」

「你們是爸爸的朋友，將你們帶進圖書館的人也是爸爸。」

「看來妳提早翻到結局了。」

「不，我沒有。」

長髮垂至胸前，她面無表情地瞪著書商。

「我只是想確認我編造的故事跟……跟爸爸當初想的一樣。」

「所以妳的這趟旅途，是為了確認一件早就已經知道的事實。」

柯羅諾斯冷冷地笑道，接著斜眼看向被晾在一旁的我。

他問道：「小學徒，古德曼還活著嗎？」

「你不會再見到他了。」我盡可能不動聲色地說，儘管腦內還是一片混亂。

「也好，總得要有人為意外負起責任。」

「意外？」我追問道。

「那當然是一場意外。紫虛姑娘住在圖書館十幾年，從沒有一次遇過拾荒者襲擊，古德曼告訴你，是我指使他們這麼做的，但他不知道我只是個仲介人罷了。安排演員出將入相的人是我，可編寫劇本的人——」

「是爸爸。」

身旁的少女用毫無抑揚頓挫的聲音把書商的話接完。

「是爸爸拜託你找來那群拾荒者，再藉這場混亂把那些書帶出圖書館的，對吧？因為他知道媽媽絕對不會把書賣給任何人，而且只要架上有書不見了，她馬上就會發現。」

所以……拾荒者襲擊圖書館的事只是一齣戲？由紫虛的父親安排，為了把書送給科技教所上演的戲碼。

「開什麼玩笑，那是他的妻子啊！」我壓抑不住情緒喊道。

「是啊，不然你以為他所做的一切又是為了誰？」

「可、可是……」

我的腦中一片混亂。我無法理解紫虛的父親為何不惜犧牲自己的妻子，也要為了那愚蠢的教團奉獻一切。

「所以說那是場意外了。無論是我、阿格拉，或是紫虛姑娘的父親，甚至連古德曼自己都沒預料到有人會因此喪命。當然大家都有共識，所謂的衝突必然要有人流血，但流的血也只是為了讓姑娘的母親相信這不是一齣鬧劇罷了。」

我想起古德曼在倉庫裡告訴我的。

——本來大家都可以相處得很好。

——只可惜那瘋女人拿刀子捅了我們的人。

「紫虛姑娘，妳父親的心中洋溢著比任何人都還要忠貞的信念。」

柯羅諾斯微微一笑，在他的雙頰間泛起幾道皺紋，那半睜開的雙眼間依然是森冷，不帶任何感情的目光。

只要看見他那彷彿一切置身事外的笑臉，我的心中便會燃起莫名的怒火。

「小學徒，你記得那句話嗎？」

面對因為憤怒站起身，將手槍抵在他眉心的我，師傅只是平靜地抬起頭。

「不要妄想手持糖果的孩子能與這世界對抗。」

「我不需要與這世界對抗，我要解決的人只有你而已。」

手心持續滲出汗水，我握緊槍柄，分不清楚是不是因為怒氣才讓我的手無法停止顫抖。

「道歉。」

「道歉？」

「在死之前，我要你向紫虛道歉。無論你把責任撇得多乾淨，將古德曼帶到紫虛家的人終究是你。」

「我難辭其咎，但你想聽的是道歉還是求饒？」柯羅諾斯發出嗤之以鼻的笑聲。「愚蠢，不要拿姑娘當你發洩情緒的藉口。」

「這才不是藉口！」我大吼。「繼續留你這樣的人渣在世界上，只會有越來越多像她一樣的人遭遇不幸！」

「不幸。」

他將手放上滑套。原以為他想奪走槍枝，沒想到他反而加重力道，替我將槍口緊緊壓在他的額頭上。

「你僭越了，幸與不幸不該由你來定義。小學徒，你又曾後悔過被我帶出那棟宅邸？」

「這和我無關，不要轉移話題。」

「當然和你有關，因為將這孩子帶離圖書館的人就是你。」

「不……」

才不一樣。

我是為了替紫虛找到父母親，才帶她一起旅行，如果沒有我，她一輩子都會留在那座書庫裡。

「那些孩子都還活著。」

「誰？」

「風信子、菖蒲、扶桑……當然還有鼠麴，當初那些被你救出的孩子都還活著。」

「真的……？」

我睜大眼睛盯著他。我從未想過竟然還能從這個人口中聽見他們的名字。

「如果我這麼說，你會相信嗎？」

「我……」

「無論你信不信都無所謂。因為你只是需要有人告訴你你沒有做錯，但即便你們曾身處在地獄，也沒有人願意向你們保證外面的世界就必然是天堂。」

我總覺得全身的力氣正在快速流失，他的五官也漸漸變得朦朧。

「可是不會有任何一個人或任何一本書告訴你答案。你在旅行中遭遇的每個人，人生都因為你，以及你所帶來的知識產生變化，無論變化是好是壞，你都希望承擔這份責任，但你什麼也做不到，所以你只能把這份重擔放到別人身上。現在替你承擔的人是我，來日可能會是你的旅伴，但無論是誰都沒辦法替你解套，你依然會繼續活在痛苦中。」

他的視線仍然沒有從我身上移開，我甚至沒有注意到手中的槍枝槍口已經改朝向我了。

「永遠活在遺憾的人生，只有死亡才能迎來真正的安寧。」

一旁的紫虛朝我撲來，我不知道她是想撥掉我們手裡的槍，還是想讓我遠離槍口。我似乎聽見她的叫聲，可是叫聲被旋即在耳邊迸發的巨響輕易掩蓋。

柯羅諾斯已經壓著我的手指，扣下扳機。

我下意識閉上眼睛，然而痛楚遲遲沒有傳來。

我以為自己已經沒有再感受到痛覺的機會，直到我看見一個男人倒在身旁的走道，從他身上流出的血染紅了華美的地毯。

「總算出現了。」柯羅諾斯說。

「這是……誰？」

「小學徒，我不是為了跟你們聊天才搭上這班車的。我答應人要替他們驅除列車上的老鼠，只是沒想到老鼠現在才肯現身。」

地上的男人抽搐了一下，已經不會動了，他的手裡還握著一把生鏽的小刀。

柯羅諾斯站起身，調整衣領的同時也環顧四周，接著他抓起掛在椅背上的雨傘，跨過男人的屍體，往車廂後方走去。

「等一下！」我終於喊出聲來。「你要去哪裡？」

「還能去哪裡？」

好像我的問題很奇怪似的，他滑稽地笑了出來。

「去捉老鼠。」

4

在餐車之後，第四節是普通的載客車廂。一排又一排的布織沙發椅延續了與前面車廂相同的裝修風格。

好幾名乘客坐在位子上，已經發現這班列車祕密的我知道他們再也不會睜開眼睛了。

在車廂的末端，幾個男人擋在走道上，正與我們對峙。

「你跟來做什麼？小學徒。」

柯羅諾斯問道，但沒有回頭。他也不打算把視線從那幾個面露凶光的男人身上移開。

「確認你不會逃跑。」

「在高速行駛的列車上能逃去哪裡？」他輕笑道。「姑娘呢？」

「我讓她先躲起來了。」

「你應該留在她身邊。」

我觀察那幾個男人的舉動，可是對方明顯也在試探我們。相較起來，他們似乎對我們的出現更感到意外。

「我去過前面車廂，那裡已經沒有活人了。」

「所以你也知道這班車是做什麼的。」

「他們要把這些屍體運去哪裡？又要這些屍體幹嘛？」

「一座被稱為『黃泉八號』的宗教都市，大概跟那群人膜拜的神明出自同一本小說。至於用途……就不是我能了解的了。」

我已經知道這輛列車是科技教的資產了，所以列車會行經他們所控制的城市也很正常，但特地從百里外的城市運送屍體的理由是什麼？

「喂。」

其中一個人突然出聲，打斷我的思緒。

他用下巴指了指柯羅諾斯。「你這傢伙是——」

「你們的同伴已經死了。」

柯羅諾斯的話讓男人的五官瞬間變得扭曲。

「……你們這些狗娘養的雜碎。」

隨著話音一落，他立刻舉起手中的球棒朝我們衝來，球棒上插滿圖釘，是拾荒者常見的改裝武器。

不過直覺卻告訴我，男人並不擅長戰鬥，至少從他持棍奔跑的步法來看，那破綻百出的樣子怎麼看都不像是時常與死亡擦肩而過的拾荒者。

像這種程度的攻擊，大概只要——

柯羅諾斯壓下身，輕易躲過迎面而來的球棒，隨後舉起手中的傘，傘尖沒入男人腹部的同時，男人也發出近似乾嘔的哀號。

看見同夥倒下，其餘幾個人並沒有退縮，反而一齊發起攻勢。

「我可以把這些人理解成普通的火車劫匪嗎？」

其中一人跳上沙發椅，大概是想從後面發起攻擊。他手握大型扳手，從椅子上一躍而下，我下意識往後退了一步，地毯吸收了大部分的聲響，但只差一秒我的腦袋就會被扳手砸出一個大洞。

「他們不是劫匪。」

柯羅諾斯一邊抵擋敵人揮舞過來的棍棒一邊說道。

「他們才是失去的那一方。」

「什麼意思？」

雖然已經沒有子彈，卻還是能發揮鈍器的效果。我瞄準男人的頸部，用力揮下握在手裡的金屬塊，男人旋即癱軟在地。

「第四班列車為教團運送屍體，但屍體又從何而來？」

柯羅諾斯撐開雨傘，棍棒從傘面穿出，停在他眼珠前幾公分的距離。接著，他轉動握柄，在傘面的另一端發出淒厲的慘叫。

「雖然是醫療技術發達的城市，但面對侵擾人體的數萬種病症終究有其極限，於是教團開出高價，向城裡的每位醫師收購病逝者的遺體。」

我無暇深思，直接回道：「那又怎麼樣？」

「你說怎樣？不管你們的主人是誰，你們這些走狗會明白嗎？」

意外的是，回答我的卻是其中一個男人。他的手上沒有任何武器，而他的同夥都已經倒下，但他的面孔依然沒有顯露分毫畏懼。

「只要有人付錢那些大夫就瘋了！我弟弟他只是為了治好眼疾，大老遠從故鄉跑來求診，結果我們怎樣都等不到他回家。我心急地跑去找當初替他治病的大夫要人，你猜那王八是怎麼說的？他說我弟弟死了！只因為眼疾就死了！」

他朝我們怒吼。

「我找他要人，他卻跟我說屍體已經處理掉了，還說得一副好像替我們解決了麻煩似的。我不相信，誰他媽會相信！直到有人告訴我這班列車每天晚上都在幫人運屍體，我才明白這些王八在幹什麼勾當！你懂嗎？那些大夫在等人給自己的病患出價！只要這班車給他們的價格比我們這些旅人高，他們就會毫不猶豫地弄死我們！」

只因為教團需要屍體嗎……？

在我的旅途中，與人類遺體接觸的機會很多，但我總覺得教團所需要的屍體並不是那些我在荒郊野嶺找到的骨骸。

他們要的是剛死不久，新鮮的人類遺體，否則就不會特地用鐵路運送了。
如果男人說得沒錯，那倒在地上的這些人……
柯羅諾斯說他們才是失去的那一方。
一眨眼的瞬間，柯羅諾斯已經一個箭步衝上前，將手裡的傘刺向男人的掌心。
「不要分心，小學徒。」
我這才看清楚男人的手上有一個機械裝置。
「你這混蛋……！」
男人的哀號傳進我的耳裡，不過同一時間，一陣單調的電子音更吸引我的注意。
嗶——嗶——
「那是……？」
柯羅諾斯忽然將我摟進懷中，接著他抽出刺入男人掌心的雨傘，再度撐開傘面，他壓住我的脖子，硬是強迫我蹲下身。
巨大的爆炸聲響和煙霧瞬間填滿整個車廂。
濃煙刺激我的感官，我抹掉眼眶裡的淚水，往男人的方向看去。所有的玻璃都震碎了，焦黑的棉絮在空中飛舞，幾秒前還在與我們對話的男人只剩下一具殘破不堪的軀體。
「是炸彈。」

「不，不是普通的炸彈。」

柯羅諾斯收起傘，綁在尖端的刀刃已經因為爆炸的衝擊，不知道彈飛到哪裡去了。

「你看。」

我順著他指的方向看去，才發現車上每一具屍體都被炸成了碎片，遺體的血和內臟噴得到處都是。

「他們把炸彈埋在屍體裡，透過這種方式躲開車站人員的檢查。」

「為什麼要這麼大費周章？既然都能潛入火車了，幹嘛不順便把炸彈一起帶上車？」

他泰然地側過身，對我說道：「如果這些炸藥的威力也跟十九世紀時一樣，我們早就消失在這世上了。」

「難道這裡的每具屍體都埋著炸彈？」

僅僅一顆炸彈的威力不足，單憑這幾個人所能攜帶的量也有限，所以他們才想出這種方式。

柯羅諾斯在垂死的男人身旁蹲下，代替我向他問道：「是這樣嗎？」

男人朝他的臉吐了口血沫，扯開狂傲的笑容說：「你只要知道這些炸藥的量足以把整輛車……連同你們一起炸上天就行了。」

「了不起。你們是從哪裡學來炸藥的技術的？」

「問、問這個……咳……做什麼？」

「因為我是書商。我想知道炸藥的技術被記錄在哪一本典籍裡。」

男人睜大眼睛，我看得出來他想舉起手，可是他的右手臂下，原本該是手掌的地方已經空無一物。

「你們……都是一樣。這些敗類……」

他的雙眼依然注視著柯羅諾斯，可是瞳孔已經失去了生命的光澤。

「可惜，沒能問出答案。」

「這就是你搭上這班列車的理由？」我問道。「你明知有危險，卻還是上了車？」

「比起火車上的老鼠和老鼠埋的炸彈，最讓你驚訝的是這個？」

「因為你是個無可救藥的人渣，人渣不會讓自己陷入危險。」

「但我同時也是個重視信譽的商人。」

柯羅諾斯替死去的男人闔上雙眼。「我和這位耿直（阿格拉）的朋友有過約定，就算沒辦法阻止那些老鼠啃食它的身軀，至少也得弄清楚是誰咬破它的喉嚨。」

「現在你打算怎麼做？」

「先讓火車停下來。」

剛才的爆炸雖然不至於損壞車廂本體，但劇烈的聲響應該也引起了駕駛的注意才對，可是火車似乎沒有要減速的跡象。

如果這輛車完全仿造那個時代的車廂，那應該會有能聯絡駕駛的方法。只不過放眼望去，在殘破的車廂裡沒有類似傳聲筒的設備。

明明和十九世紀的火車有如同一個模子刻出來的。

「因為聲納技術沒有被記錄在書上吧。那和蒸汽火車不是同一個原理的東西。」

「既然這樣我就直接去車頭找駕駛，請他把車停下來。」

「如果你抽得了身的話。」

通往下一節車廂的門被推開，幾個陌生的人影堆疊在門後。

「畢竟這場騷動怎樣都不像是只有三個人引起的。」

他從屍體的口袋探出一把小刀，那把被戳出好幾個小洞的雨傘依然握在他手中。

車廂內的一片狼藉，領頭的男人沒有多看一眼，便將手裡的砍刀往柯羅諾斯揮去。

即使生鏽，但刀刃的大小還是足以斬下人的頭顱，然而面對壓倒性的差距，柯羅諾斯卻用小刀輕易將砍刀架開。原本已經很狹小的走道經過爆炸，讓人更難以通行，待在後方的我完全沒有插手餘地。

「小心！」

看見男人的腋窩下方突然出現銀白色的光芒，我急忙大喊。

但刀刃已經刺出，躲藏在同伴身後的男人將刺刀綁在長棍上，若不是他與同伴間存在著戰鬥的默契，不然就是根本不在乎同伴死活，進行無差別攻擊。

刀尖刺穿柯羅諾斯的衣服，但是沒有貫穿他的身軀。這幾分之一秒的失誤反而讓他抓到機會，將雨傘刺入帶頭男人的喉嚨。

這一擊沒辦法奪走對方的性命，卻讓對方吐了一身的穢物，重心也隨之失衡，往同夥的方向倒去。柯羅諾斯將小刀往他們的方向拋出，正好刺入那個拿長柄武器的男人眼裡。

「小學徒，你在遲疑什麼？還是你聽了他們的故事，開始同情起這些人了？」

「我沒有。」

「那就收起你氾濫的情緒。後面有動靜，你的檢查不確實。」

我立刻轉過身，另一頭也有手持武器的人走了進來，他的身上沾滿鮮血，貌似才剛經歷過一番死鬥。

「紫虛……」

我忍不住倒退，正好撞上柯羅諾斯的背。

「小姑娘不會有事的，不這麼想你就會比她先走一步。」

我撿起掉在地上的棍棒，用它擋下迎面劈來的斬擊。

這些人的武器幾乎都和拾荒者使用的一模一樣，盡是用廢料拼湊出來的垃圾，普通的劈砍難以造成決定性的傷害，可是一旦被劃出一個小傷口，病毒與細菌感染就會緊隨而至。

我抓住空檔，朝男人的下腹一踢，在他彎下腰的同時，又對準他的臉將棍棒刺去。我赫然想起，很久以前我曾經看過某個少年用這種方式玩弄他的對手。

雖然我的體能完全比不上那個少年，可是我的肌肉卻像紀錄了那天眼前所見的一切，逕自用了相同的方式迎敵。

一旦習慣戰鬥，身體便會如同本能般自動反應。在第一個男人倒下後，我快速朝他的方向俯衝，接過他手上的刀，瞄準第二個人的腳筋處砍下。

在他伸出腿之前，刀刃已經劃過他的腳，讓他重摔在地。不死心的他仍試圖朝我出拳，但在那之前，我先用手中的刀讓他再也沒辦法反抗。

炙熱的鮮血濺到我的臉上，鐵銹的腥味比爆炸留下的煙霧更為嗆鼻。

但這不是第一次了。

面對古德曼時，還有更久以前在那棟宅邸時我都做過類似的事。

無論幾次都沒辦法習慣，即使我是活在這個時代的人。

「小學徒。」

沉寂了片刻，我才轉過身回道：「你還活著。」

「別這麼遺憾。」

柯羅諾斯的身邊，又多了三個倒下的人。

同時，他敞開的外套下，白衣上有一道被染成血紅的裂口。

「你受傷了。」

大概是剛才的突刺沒能完全閃過，我不知道傷得有多深，但鮮血不停從那道創口中流出。

「無論是哪個時代，書蟲的身體素質都會被小瞧。」

他壓著腹部上的傷，減緩血流出的速度。即使受傷，我還是沒能看見這男人面露痛苦的樣子。

「你要做什麼？」

他穿過車廂門，走到兩輛列車的連結處。我緊跟在他身後，雨勢依然沒有減緩，而列車仍維持著高速前進。

風壓讓我幾乎聽不見柯羅諾斯的聲音。只見他彎下身，掀起地上的鋼板，如鐵鍊般的巨大金屬構造暴露在外。

「這是最直接的做法。」他說：「要是再來一群人我可沒辦法擺平，何況後面每節車廂都還載著幾十具屍體。」

剛才的爆炸沒辦法炸毀車廂，可是如果所有炸彈同時引爆的話，恐怕整輛列車都會因為衝擊而翻覆。

說著，他已經把連結器解開了。

伴隨著沉悶的金屬撞擊聲，第四節車廂和第五節車廂的距離越來越遠。

突然失去牽引的車廂與鐵軌交界出擦出火花，不久後火花消失，已經看不見消失在軌道另一端的車廂了。

「這樣就行了嗎？」

「還沒。第一節和第二節的屍體還沒有處理，得把它們扔下車才行。」

柯羅諾斯壓著腹部的手已經完全染紅了。

5

紫虛沒有被發現。當我掀開桌布時，她正抱著雙腿一動也不動。

當我將火車上發生的一切，以及屍體裡可能藏有炸彈的事轉告她後，她也只是面無表情地點了點頭。

「接下來要把前面車廂的屍體扔出去對吧？我知道了。」

說完，她就頭也不回地往前面的車廂走去。

「喂，等一下。」

她轉過身。

「已經沒有時間了不是嗎？我討厭站在一旁看戲的感覺，再說那個人也受傷了，不會比我有用。」

「看來小姑娘比你有良心。」被我搭著肩的柯羅諾斯苦笑道。

「那是因為沒人想跟你一起死。」我說。

由於拖著一個累贅，我沒辦法加快腳步。雖然也想過是不是應該把柯羅諾斯留在餐車，但考慮到前面車廂可能也有敵人埋伏，至少把他留在身邊，必要時刻還可以當作一顆棄子。

「一人一間吧，比較快。」

來到臥鋪車廂時，紫虛說。

「妳一個人有辦法嗎？」

「你說埋在屍體裡的炸彈隨時會爆炸吧？那我們最好分頭行動，否則一顆炸彈就可以解決兩個人。」

我想了想覺得有道理，便聽從她的提議。

「你在這邊替我們把風，萬一有人來的話就說一聲。」

我讓柯羅諾斯留在走廊。以他的傷勢，就算要他幫忙大概也只會扯後腿。

他倚在窗邊，面色蒼白地點了點頭。一路上都是他留下的血跡，這個老愛耍嘴皮子的混帳，現在終於連話也說不清楚了。

我推開臥鋪車廂的房門，走進堆著三具男人遺體的房間。

典雅的裝潢搭配精心雕琢的家具，再加上紅布織成的被單，在這彷彿不屬於這時代風景的空間裡，這三具屍體反而成了突兀的存在。

我將其中一具趴臥的屍體翻面，如果這時觸動炸彈爆炸也只能認命了。

「什麼鬼……」

原本我的心裡已經做好了某種覺悟，但看見那具屍體的正面時，我只能目瞪口呆地瞪著屍體胸口留下的窟窿。

將被褥染成鮮紅的不單純是染料，也包含屍體身上的血。

原本屍體的胸中肯定藏有炸彈，只是因為某些緣故，這些炸彈又被挖了出來，而且這一切都發生於我和柯羅諾斯在車廂裡與人交戰的時候。

當時那兩個從前面車廂過來的人，恐怕就是在處理這些屍體內的炸彈。

我立刻跑出房間，正好紫虛也從另外一間房間走出來。

「這些屍體……」

「嗯，炸彈全部被人挖走了。」

為求謹慎，我們又接連檢查第三間、第四間客房……但每一間都存在胸腔被掏空的屍體。

如果一具屍體代表一顆炸彈，那一共有十一顆炸彈下落未明。

火車依舊在行駛著。

我赫然想起，當得知火車上有炸彈時，我第一個念頭是去車頭找駕駛，請他把火車停下來。明明這才是優先事項，我的思緒卻因為緊隨而至的敵人，輕易被打亂了。

令我再次想起這件事的契機，卻是這些失蹤的炸彈。

我恐怕已經猜到這些炸彈的去向了。

「紫虛。」

「嗯？」

「替我看好師傅，別讓他跑了。」

「看好他……？」

紫虛偏著頭問，接著才像恍然大悟般朝我奔來。

但提前一步，柯羅諾斯的雨傘已經勾住她的手臂。她的身體失去平衡，正好和柯羅諾斯撞個滿懷。

「小學徒既然要妳看好我，就麻煩妳負起責任。」

柯羅諾斯扣住紫虛的脖子，任憑她怎麼掙扎都不肯鬆手。

「別對她這麼粗魯。」我說。

「你在對一個身負重傷的人挑剔什麼啊？」

那抹笑容依舊惹人厭，卻夾雜著幾分慘淡。

「也只有在你有所要求時，才肯稱呼我師傅。」

「不會再有下次了。」

我拉開車廂門，再度迎上外頭的風雨，並將紫虛的呼喊聲留在前一節車廂。

這是第二次踏入觀景車廂，可是我已無暇駐足，觀景車廂的遺體中，也有三具的胸腔被挖開了。

炸彈的數量來到十四。

再往前進就是載運燃料的煤水車了。大概是為了斷後，原本附在車殼上的鐵梯已經被人刻意破壞，我只好將車廂裡的沙發推到兩輛車廂的接合處，再透過它跳上煤水車。

畢竟原本就是為了載運煤炭和確保供水的車廂，當然沒有給人踏足的地方，我只能踩著煤炭，用近乎爬行的方式緩慢往車頭前進。

在看見駕駛室的同時，也確認到駕駛已經死亡的事。

穿著近似職員制服的男子倒在牆邊，他死前的表情透漏出他還沒搞清楚發生什麼事，此時唯一站在駕駛室的，是一個穿著破舊的男人。在他的腳邊還放著沾有血跡的鐵鏟，經過反射，泛著鮮紅的光芒。

我後悔沒有帶上任何武器，哪怕是一把小刀也好，都能輕鬆替我打破這個局面。

腳下的煤炭忽然鬆動，即使列車行徑的巨大聲響一直縈繞在周圍，卻仍然引起那男人的注意。

抓準他轉身察看的瞬間，我跳進駕駛室，將他壓在身下。

在黑暗中，我摸索鐵鏟的位置，但手才剛抓住握柄，便感受到一股衝擊打上心窩。

接著一記側襲，讓我撞上牆邊男子的屍體。在視線幾乎被黑暗吞噬的情況下，我只能憑藉紅光映出的模糊形影判斷對方的動作。

「……唔！」

疾風刮過耳際。我知道他肯定拿到鐵鏟了，也許我的耳朵已經被他削掉了一塊肉。

「其他人呢？」他問道。

「都死了。」

「你他——」

這次是瞄準脖子。

只要提前知道攻擊的方向，很容易就能閃過。

我倒下身，聽見肉塊擠壓的聲音，鏟子大概是刺中我背後的可憐人了。

我很快抬起手，盛接屍體流出來的血。

並在下一擊來臨前，瞄準對方的頭部——精確一點說，應該是眼睛，將血潑出去。

男人發出驚叫，鐵鏟落地的聲音就是反擊的信號，我抓住鏟子並朝他的頭揮下。

被我擊倒的男人身影在黑暗中晃盪，伴隨著一陣呻吟，最終消失在駕駛室。

我一手扶著牆上的鐵欄，另一手抓著胸口。剛剛那一記可能打斷了我的肋骨，只要稍微扭動，身軀便會被疼痛折磨。

我將鍋爐門移開，期望火光能提供照明。

「開什麼玩笑啊……」

在火焰的照映下，我清楚看見那些被安置在駕駛座上的炸彈。

從剛才便持續從駕駛室散發的不自然紅光，正是源自炸彈上計時器的讀數。

還有八分鐘。

八分鐘要將十四顆炸彈全部拋出車外並不是難事，困難的點在於這些炸彈全部卡在毀壞的操作台裡。

再說，就算阻止炸彈爆炸，也沒辦法讓這台列車停下，剎車早就被破壞了。

「畜生……」

我忍不住咒罵道。

不是炸毀就是撞毀，不管怎樣都沒辦法阻止列車被摧毀的命運。

明明這樣的結局我早就想過了，否則我又為什麼要拜託師傅攔住紫虛呢？

書商不做虧本生意，如果一定要有人與這輛車陪葬，一個人就夠了。

我回憶起剛才柯羅諾斯的作法，首先要先掀開兩輛列車連結處的鐵板，接著找到連結器的拉柄，用力將它扭開。

就算列車在高速行駛也一樣，一個肚子被劃開的傷患都辦得到了，我沒理由不行。

八分鐘不是指列車爆炸的時間，而是停止加速的車廂和火車頭拉開距離的時間。

似曾相似的金屬摩擦聲響起，聯繫兩台列車的結鬆開了。

如果這時候奮力往水煤車的方向一跳，能不能剛好攀到車頂呢？

這個太過樂觀的念頭很快就隨著迸出的火花一齊消失。兩米多的高度，再加上漸漸被拉開的距離，怎麼想都不可能。

而且要死，我暫時也想不到比被火車輾斃更淒慘的死法，那倒不如在最後讓自己體面一些。

列車的煤煙是我與車廂最後的聯繫，而一切很快也會煙消雲散。

回憶起這趟旅程，是因為我和那個常駐在圖書館的少女立下約定，要替她找到多年前失蹤的父母。但是早就猜到真相的她，真的有在乎過嗎？

既然結局都已經提前被揭曉了，我們旅行的意義又是什麼？

我想起每次離開旅館時，垃圾桶總是堆滿了揉成一團的紙球。

說不定，那才是我真正期待的。

比起在廢墟裡翻找那些腐朽的典籍，我更應該為這個時代還有人能提筆書寫感到開心。

因為我是一名書商，為了傳承屬於我們這個時代的故事而生。
只可惜，我沒辦法讀到她所撰寫的結局了。

※關於《銀河鐵道之夜》
貧窮少年喬凡尼和家境富裕的好友卡帕捏拉發現自己不知不覺間搭上了一輛在銀河行駛的列車。本作為宮澤賢治為紀念亡妹所敘寫的童話作品，於一九三三年作者辭世後的隔年由出版社代為發表。

4

就結果而言，我雖然免除成為實驗品的命運，卻沒能走出這棟建築。

因為我成為照顧實驗品的人。

據說幾個星期前，阿格拉號發生事故。先不談那些教團買來做生技研究的死人，車上還多了好幾具身分不明的屍體，這之中，唯一的生還者就是天乙真慶主教的女兒。

前去搜救的教眾發現了她，並將她接來黃泉八號，這裡原本就是火車的目的地，我不清楚教主的女兒為什麼會獨自搭上那班列車，但是讓父女團聚總不會是壞事。

原本我是這麼想的，不過這對父女的關係似乎比我預期得還惡劣。

「紫虛小姐，我送午膳來了。」

三四三聖所不僅藏有教團未公開的儀器，同時還是關押教主千金的地方。

〈玫瑰的名字〉（原著：安伯托．艾可）

想當然耳，紫虛受到的待遇和那些觸犯戒律的教徒們完全不同。至少她能住在與牧師或教長相同規格的單人房，每天還有低階教士替她送上三餐。不用多說也明白，那個低階教士就是我。

但失去人身自由也是事實。紫虛的房間有電子鎖，無論進出都必須要透過鑰匙卡，光是這樣還不夠，門口還有教團的哨戒機器人站哨，凡是未經許可闖進房間的人，都會立刻被這些自動人形殺害。

每次被這些跟垃圾桶沒兩樣的機器人盯著瞧，都讓我不禁打寒顫。

「紫虛小姐？」

我再度敲門，可是依然沒有得到回應。

面對這種狀況，我已經習慣了。起初還會傻傻地站在門口老半天，猶豫該不該進去，現在我知道繼續等下去也是白等，到時恐怕連晚餐和消夜都要一起送上。

「紫虛小姐，午餐時間到了。」

我推開門，果然看見白髮少女正伏案於桌前。

我將餐盤放到桌上，一邊說道：「您又在寫東西了。」

紫虛沒有抬頭，手裡的筆桿快速地擦過紙面，過了一會兒，她才像想起要回話似的咕噥了聲：

「因為很無聊。」

起初，我以為她像其他教士一樣，把抄寫舊時代的經典當作修行，然而這個房間裡除了原本就放在抽屜裡的筆和筆記本之外，根本連一本書都沒有，就算想抄經也無從抄起。

既然如此，她肯定早就把書的內容記在腦海中了吧。

「您的記憶力還是很驚人呢。」

「我已經解釋過了，我沒有在默寫任何一本書。這是我自己的小說。」

「的確是您寫的小說沒錯，不過這些句子是從哪裡抄來的呢？」

她停下筆瞪了我一眼。

「不是抄的，是我獨自想出來的。為什麼你們就是不肯相信呢？」

我們之間好像存在很深的代溝。尤其是針對抄經這件事，她所說的寫作，和我認知中的寫作似乎不是同一個意思。

「您說的我們……莫非也包含主教大人嗎？您已經和主教大人說過話了嗎？」

「今天早上他來過了。」

「是嗎……」

傳言說，紫虛一見到父親時，便立刻衝上前去揪住他的衣領，嚇了在場所有人一跳。

當時她究竟對父親說了什麼，主教又是如何回應女兒的已經不得而知，唯一可以確定的是久違的父女重逢，換來的是父親將女兒軟禁在房間，等待成為教團實驗品的結局。

「而且他也承認了。」

「您指的是要成為受試者的事嗎？」

紫盧愣了一下，然後才眨眨眼睛說：「嗯，他有提到那件事。」

「您的想法是……？」

紫盧不是教團的人，依照規矩，不該讓她參與實驗，就連作為實驗品都不行。再說，新技術的開發往往會伴隨一定的風險，換成我都會感到不安，更別說是她了。

然而，紫盧卻露出自嘲的笑容說：「徵詢我的意見有意義嗎？」

「我只是問問而已……」

「你叫什麼名字？」

「什麼？」

「名字，能稱呼你的方式。」

我這才想到，就算我每天替她送餐，也從未報過自己的名字。

「尼達洛斯。」

「好的，尼達洛斯。你聽過萊卡的故事嗎？」

「萊卡……那是什麼？」

「人類歷史上，第一隻登上太空的狗。」

「您說的太空，是指地球外面的部分對吧。」

「對。牠是一隻混種狗，在那個時代隨處可見。科學家在二十世紀半時為牠建造一艘火箭，把牠送上太空，目的是想知道人類那時候的技術有沒有辦法建造可以載人的太空梭。」

「可是那是一隻狗，對吧？」

「無論是人是狗都一樣，只要能證明哺乳動物可以承受航太飛行器的壓力就行了。重點是那時候的科學家都很清楚，萊卡的旅行不會有回來的機會。」

「您是說牠上了太空，就必須一直在太空中生活？」

「很遺憾，沒辦法。人類那時候只為萊卡準備一個星期的糧食，所以萊卡早晚會餓死。」

「是嗎……」

「而且後來的研究顯示，萊卡根本沒機會吃完那些食物。在升上太空後幾個小時，牠就因為承受不了艙內高溫去世了。」

「當時的人難道沒有考慮到溫度嗎？」

「因為這是實驗。」紫虛說。「實驗本來就是建立在以失敗為前提。」

我皺起眉頭，嚥下喉嚨的口水帶有一種死鹹。

「我很喜歡這個故事。」

「您說喜歡，但這故事聽起來明明是那麼悲傷——」

我發現紫虛的眼角已經泛出了淚水。

「好的故事總是能牽動讀者的情緒，而且即便過了千年也難以被遺忘。」

她匆匆抹掉淚水，接著說。

「我只是沒想到自己會成為爸爸的萊卡。」

「紫虛小姐，萊卡是一隻狗……」

「這是借喻，你這笨蛋。」

她再次瞪了我一眼。

「再說，你憑什麼認為人的生命比貓狗還尊貴呢？」

「對不起，我沒有想清楚。」

只是下意識脫口而出。不管是人或貓或狗，生命到底能值多少錢，我完全沒有概念。

「可是紫虛小姐，我想主教大人要讓您操作的機器，並不像萊卡搭乘的太空船一樣危險。已經有越來越多出土的文件證明那架裝置很安全了……而且只要搭上那座機器，似乎就能使時間暫停，這對我們而言，是連作夢都難以想像的高科技。」

「……時間暫停？」

「主教大人沒有跟您說嗎？只要操作那台機器，就能讓時間停止流動。屆時無論是抄經或是讀書，您都有無限的時間做自己想做的事。」

「你是不是誤會了什麼？」

「咦？」

「那個機器的功能並不是暫停時間……不，應該說以人類過去的技術，也沒辦法做到讓時間暫停。」

我還記得婆羅浮屠大導師在那台機器旁又叫又跳的樣子，如此深刻的畫面加上她當時說的話，我怎樣都不可能忘記。

不僅大導師，就連天乙真慶主教都信誓旦旦地告訴我那座裝置可以暫停時間，我完全想不到這兩位大人說謊的可能性。

「爸爸已經告訴我那是什麼了。某方面而言，那的確是可以暫停時間的機器，只是能暫停的只有操作者的時間。這項技術和量子物理的關係不大，和生物比較相關，因為它等同於把人體放在低溫環境中保存，操作者會進入漫長的休眠，才會說時間像暫停了一樣。」

聽紫虛說，時間暫停機器的正式名稱應該是冷凍艙。

「既然如此，主教想將您放入冷凍艙的理由又是什麼呢？」

「我想，是因為他比誰都還憎恨這個世界吧。」

說完，她總算肯暫時擱下鉛筆，改將餐盤移到自己面前。牆上的時鐘顯示早已過了吃飯時間，但小姐的午餐才正要開始。

繼續留在房內影響別人的用餐心情也不好，我告訴她一個小時後會來收拾餐盤後，準備離去。

「等一下。」離開前，紫虛叫住我。

「怎麼了嗎？」

「你叫什麼名字？」

「尼達洛斯。」

「知道了，尼達洛斯。謝謝你，餐點很好吃。」

「那就好。」

我笑了笑，走出房間。

兩名哨戒機器人依然駐守在門邊，走廊的一切一如往常，唯一的異常是來自一雙在角落窺視的眼睛。

「祇園，果然又是你。」

被我抓到摸魚的同期不但沒有表示悔意，還劈頭就是：「你進去好久。」

「怎麼？你嫉妒了？」

「少說些有的沒的，你這傢伙。」

和我同時加入教團的他至今仍與我共用一個寢室，連導師也沒有更換，依然是清水修女。不過我們的命運已經和其他新進修士完全不同了，我替天乙真慶主教服務，他則是在婆羅浮屠大導師旗下做事。一直以來他都給我好吃懶做的印象，但大導師對他讚譽有加，證明這個人還是有兩

把刷子。

最近，他似乎有戀愛方面的煩惱。

「勸你不要陷那麼深，那是主教的女兒，不管怎樣都不是你這菜鳥能肖想的。」

「就說你誤會了啦。」

嘴上這麼說，他還是很在意，馬上就追問我送餐進去後到底發生了什麼事。

「也不是什麼大事，就只是和小姐聊了一下。對了，你知道萊卡的故事嗎？」

「你說那隻太空狗啊……」

「你也知道？」

該不會這世界上只有我沒聽過這隻狗的故事吧？

「小姐剛剛跟我說了牠的事。我聽了也覺得很難過。」

「嗯，人類本來就是比貓狗不如的動物。」

「你真的沒偷聽我們講話？」

祇園指著門口的機器人說：「是要怎麼偷聽啦……」

「反正，小姐告訴我，她覺得自己就像主教大人的萊卡。」

「果然是因為機器的事吧。」

「嗯。」

我告訴紫虛一個小時後再來替她收拾餐盤，那繼續待在七樓也沒意義，便和祇園邊走邊聊剛才的事，順道詢問他那座機器的修復進度。

「本來要調整的地方就不多，主要還是卡在上面放不放行而已。」

「我以為主教大人已經疏通好了。」

「是差不多了，畢竟他都拿自己的女兒當籌碼了嘛，但其他高層對待新技術的態度本來就很保守，你應該明白我說的保守是什麼意思吧？」

「我懂。」

並不是指新技術容易受到排斥，而是在缺乏文本證明的情況下，那些失傳的技術通常都會暫時被擱置，等哪天蒐集到的資料夠多，研究計畫才會重新啟動。

「但是他們所說的研究……我不認為那有什麼意義。」

「怎麼說？」

我們走出電梯，在櫃檯附近的自動販賣機前各自投了罐飲料。這也是三四三號聖所保存的舊時代遺產，整個黃泉八號只有這一台販賣機。

「因為那些研究不就只是依照書中的指示，重複做一遍而已嗎？這根本不算研究，這和抄寫那些典籍、背誦那幾首贊歌的行為是一樣的。」

「哦？」

我的話明顯勾起祇園的興趣。天乙真慶曾提醒過我這些話會被教團的許多人視為異端，可是以我和祇園的交情，我相信他沒這麼無聊，會告發我。

「不只我這樣想而已，主教也這麼認為。我們只是不停挖掘以前人留下來的科技，這樣下去是不可能產出新東西的。」

「那是因為人類已經造不出新產品了。你應該知道吧？」

「知道是知道，但又是為什麼呢？」

祇園聳聳肩，拔開易開罐的拉環，喝了一口後低喃道：「這東西不知道放多少年了……」

我的腦海中驀地浮現一隻穿著太空衣的狗。只要想到牠參與的是一場必死的實驗就讓人沮喪，可是另一方面，我又認為那才是「實驗」這個詞真正的意義。

「等小姐進去那架裝置之後，不知道會發生什麼事。」

「什麼事也不會發生吧。」祇園說：「因為進去的人不是你。」

「嗯，小姐說那台機器真正的用途是讓人進入休眠，是真的嗎？」

「似乎是這樣。」

「呃，讓人像動物一樣進入休眠有什麼好處？過冬嗎？」

「不，冬眠艙裡的休眠遠比一個季節還久。我以前讀過的書上說，為了讓患上絕症的人可以在未來醫療技術發達時，有接受治療的機會，現在先把他們關進冬眠艙裡。大概是為了這種目的誕生的發明。」

「難道說……紫虛小姐也患了什麼疾病？」

「我想應該沒有。她只是體能比正常人差了不只一點而已。倒是這個發明，擺在現在這個時代剛好還有另一種意義……」

「什麼意義？」

突然，祇園好像想到什麼似的，睜大眼睛瞪著我。

「對了，我記得你以前好像說過，自己其實不相信萬機神吧？」

「拜託，小聲一點啦……」

「那可以告訴我你加入教團的原因嗎？」

這傢伙真是神經大條。我在心底抱怨。

我們已經認識一段時間，雖然說不上是死黨，但至少也算朋友，結果卻連這種事都不記得，明明我已經跟他說過好幾遍了。

我之所以加入教團，是因為憧憬以前人的科技發展，也羨慕他們研究新事物的態度與方式，跟那什麼鬼機神一點關係也沒有。

「希望你以後好好記得，別把我跟清水修女那種狂熱教徒混為一談。」

「是是，我知道了。」

他發出傻呼呼的笑聲說。

「繼續剛剛沒有講完的話題吧。其實啊，冬眠艙的另一種意義……」

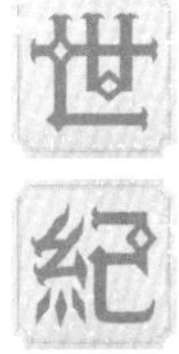

〈普通讀者〉（原著：維吉妮亞．吳爾夫）

1

哥的孩子出生了。當我看見哥哥坐在床邊，逗弄嫂子懷裡的嬰兒時，心裡不由得羨慕了起來。

自從父母親過世後，身為長子的哥理所當然地繼承了家族的農莊。兩年前，哥和同村的牧羊女結婚了。嫂子是個溫柔的人，與她在同一個屋簷下生活，我就像憑空多出一個姊姊，而她也把我當一家人看待。

嫂子懷中的嬰兒哇哇大哭，抱起來就像剛出生的小羔羊，嬰兒的食指肥肥短短的，和動物的肉球沒兩樣。哥說，那是個男孩。

「弟弟，我還是希望你再考慮一下。」

隔天，我收拾好行囊，告訴哥哥和嫂子我打算加入在酒館認識的拾荒隊。

「拾荒隊的生活很危險，你不知道出了村子後外面的世界有什麼——」

「是啊，我不知道。」

我打斷哥的話。

「所以才想出去看看。」

「弟！」哥抓住我的肩膀，激動喊道：「和我們一起住不好嗎？只要待在這裡，既不會挨餓也不會受凍，等出了村子，就真的什麼也沒了！」

「哥，孩子的名字想好了嗎？」

「名字……」

我撥開哥的手。

「那才是你該煩惱的。幫孩子想一個好名字，不要像爸跟媽一樣，到最後都沒幫我們取個像樣的名字。」

接著張開雙臂，緊緊抱住哥。

我想這大概是我們兄弟倆最後一次見面了。我知道加入拾荒隊意味著什麼，此生我恐怕再也不會回到老家。他們是一群漂泊的旅人，在哪裡闔上眼睛，哪裡就是他們的家。

家族次男的命就像他們，漂泊不定。從小生長的農莊是我的家，但是這座農莊是哥的，不是我的。

我愛著哥，也愛著嫂子和他兒子，我們是一家人，但正因為是一家人，在確認過穀倉裡的存糧後，我才知道我不該留在這裡與他們過冬。

我前往村裡的酒館，告訴那群拾荒者我已經跟家人完成道別。他們熱情地替我舉辦歡迎會，七八個人的酒杯碰撞在一起，灑出來的小麥色液體染紅每個人的雙頰。

「在外拾荒，日子肯定不比在村裡耕田舒服。你小子得要有心理準備啊。」坐在我身旁的中年人粗魯地拍了拍我的背，他是拾荒隊的隊長。

「偶爾餓肚子無所謂，要是能出去開開眼界，一飽眼福就夠了。」我扯開笑容回道。

這句話不全然是違心之論，我確實是因為不想打擾哥哥和嫂子一家人生活才離開，但是另一方面，我也對村外的世界很感興趣。

在這偌大的世界裡，肯定有某處是我的棲身之所。

拾荒隊的每個人出身不同，有些曾是路邊的乞丐，有些則和我一樣是家族的次男，不可思議的是，大夥相處起來卻沒有任何嫌隙。如果有誰那天大豐收，會不吝跟其他人分享，就連珍貴的藥品也會被優先拿來醫治有需要的人。

我聽說拾荒者常因相互競爭，導致流血衝突發生，不過在我們的隊伍中，類似的事故不曾出現過。

我是真的以為，這種和平的生活會永遠持續下去。

然而好景不常，在我加入拾荒隊後的第三個季節，我們的隊伍被另外一組人馬襲擊了。

從衣著打扮來看，對方和我們一樣，同樣依靠在廢墟裡翻垃圾維生，但不知是什麼緣故，讓他們幹起強盜的勾當。趁夜深人靜，那夥人殺了隊上負責盯哨的小夥子，潛入我們的營區。

刺耳的尖叫聲把我從睡夢中喚醒，我看見燃燒的帆布和火光下鮮紅的血泊，手無寸鐵的人們

四處奔逃，來得及抄傢伙應付的人正和對方打得難分難捨，無奈對方的人數明顯勝過我們，很快拾荒隊就陷入了劣勢。

對死亡的恐懼充斥在我腦中，壓倒性地勝過了一切情感，我無視向我求救的隊員，也沒能提起勇氣幫忙被人打倒在地的夥伴，敵人的吼聲和拾荒隊員的哭聲，無論哪種我都不想聽。

我一直跑，沿著堤岸死命地奔跑，甚至在奔跑的過程中不慎扭傷了腳，但這不足以成為我停下腳步的理由。只要逃離營區，那些強盜就不會再追過來，身無分文的我沒有他們掠奪的價值，打從一開始就不要反抗，便不會有人丟掉性命。

正這麼想時，我的腳下忽然一滑，就此順著斜坡滑落河裡。夜晚的河水一片漆黑，當我落入水中時，除了水面炸開的巨響之外，我什麼也聽不到，也什麼都看不見。

拾荒者生涯不足一年便畫上句點，我想起哥哥和嫂子的臉，還有姪子握住我的手開心笑著的模樣，早知會有如此結果，當初就該厚臉皮留在農莊裡才是。

下一次睜開眼睛，已是白天。

陽光烤得我背頸發疼，我發現自己正趴在岸邊的某顆岩石上。

一生不曾踏出村莊的我不擅水性，怎麼想都不可能生還，但不知何故，除了身上有幾處瘀傷之外，似乎沒有大礙。我坐在岸邊，將身上的衣服脫下擰乾，上面滿是別人的血汙，就算泡在水裡再久都洗不乾淨。

沿著河往上游走，應該能回到我們的營地吧。昏睡多時，那些襲擊的拾荒者應該已經走了，就算知道隊上的大家凶多吉少，我還是想回去看看，至少確認有沒有生還者。

這次不能再逃了，我是這麼想的。奇怪的是，我一路走到河川的源頭，沿途都沒有看見昨晚駐紮的營地。

「到底是怎麼回事……大家都跑去哪裡了？」

河川源頭是數個巨大的排水管道，水從這些管道源源不絕地流出來。再沿著這些管道走，是通往有許多高聳建築的廢墟群，拾荒隊從沒有去過那裡。我不知道在我昏睡時到底發生了什麼事，才會漂到一個完全陌生的地方。

繼續待在這裡也不是辦法。沿途雜草叢生，唯獨通往城市廢墟的路光禿一片，沿著前人開闢的道路走下去，早晚會抵達村鎮。於是我繼續拖著負傷的步伐，往城市的方向前進。

城市廢墟和我們在郊外常見的廢墟群不同，房屋與房屋的距離緊密，此外也有不少像塔一般高聳入雲的建築。這裡的道路大多都被黑色的物質覆蓋，長不出什麼植物，沿路能看到外型神似牛車的金屬塊被擱在路邊。

曾聽拾荒隊的人說過，城市裡常能搜尋到許多稀奇古怪的物品，不過風險也比其他地方高出許多。這些危險往往是看不見的，大多都是舊時代的人遺留下來的傑作，稍有不慎就會害人丟掉性命。

再說，放眼望去，羅列兩側的商家都早已被洗劫一空，就算花時間尋找恐怕也不會有什麼收

穫。這麼醒目的城市就聳立於此，不成為拾荒者的目標反而奇怪。

我抬起頭，太陽已經西沉，晚霞的餘暉打在爬滿藤蔓的廢墟上，彎彎曲曲的影子正隨風晃蕩。趁日落前，得找個地方過夜才行。

我不知道城市廢墟裡有什麼，可是只要出了村子，哪裡都是一樣的，只要出了村子，就不得不隨時提高警覺。

繞過擋路的白色鐵塊，我最後在一棟四層樓高的建築前停下腳步。抬起頭，入口的上方寫著我看不懂的文字。

之所以選擇這裡，沒有什麼特殊原因，純粹是因為高度適中。以我殘存的體力，沒辦法爬上數十公尺高的地方，同時又要考慮野生動物的習性，避免在太低的樓層過夜。

我跨過滿地的碎裂晶體——從我踏入這座城市以來，就不停在沿街的商鋪看到這些晶體，那似乎是前人用來修補窗戶的物質，無奈我不曉得正確名稱。

走進建築，首先見到的是數十座木製的貨架，貨架上堆滿了許多形狀方正的盒子，形狀很像廢墟裡常發現的包裝食品，我立刻跑去這些貨架前查看。

仔細確認，才發現是空歡喜一場。

這些方盒，全部都是書，正是拾荒者們最提不起興趣的東西。

「你是誰？」

聽見聲音，我立刻回過頭。貨架之間形成狹小的走道，一名少女站在彼端，注視著我。

她有一頭白髮，就連身上的衣裳也是雪白的。遠遠看去，彷彿不是活物，更像廢墟裡的幽靈。

在我開口前，她的目光就先移到我手中的書。

「本館的藏書不開放外借，如果有想看的書，請跟我到閱覽室。」

「什、什麼閱覽室？」

少女沒有回答我的問題，逕自轉過身去，我只好抱著書，糊里糊塗地跟在她身後。

我被帶進有許多桌椅的房間。

請隨意挑一個位子坐吧，少女說。她的聲音毫無抑揚頓挫，那是平靜，卻讓人聯想到冰花一般的嗓音。

每套桌椅都已經被蟲子蛀蝕得差不多了，感覺隨時會散架，我拉開其中一張椅子，少女則在我的面前入座。

她翻開懷裡的書，就這樣看起書來。

對正專心讀著書的她而言，我猶如不存在似的，每隔一段時間便傳來書頁摩擦的聲音，除此之外，房間裡一片靜謐。

我偷偷觀察她的相貌，少女有著非常漂亮的五官，但她的表情卻像是被凍結在某個時刻般，看不見任何變化。

「請問……」

終於，我受不了了，我甚至連自己為什麼坐在這裡都不曉得，但少女只是微微抬起頭望著我，仍舊不發一語。

「請問這裡是哪裡？」

「圖書館。」

「圖書館……就是指存放書的地方嗎？」

「嗯。」

面對我愚蠢的問題，少女不動聲色地答道。當我一闔上嘴巴，她又低下頭繼續看書。

「請等一下，這裡這麼大，為什麼妳非要坐在我對面呢？」

「因為我要盯著借書的人，不能讓他們把書偷偷帶回去。這是圖書館管理員的工作。」

我似懂非懂地咀嚼少女的話。手上的書寫了些什麼，我一概不知，別說是帶走了，我甚至現在就想把它扔回書櫃上。

面對厚重如磚塊的書本，我沒辦法花更多心力在這上面了，可是只要少女還坐在面前，我就像是被釘在座位上動彈不得，坐也不是起身也不是，不知該如何是好。

「喂。」

我想，我還是只能試著繼續跟少女搭話。

「我是小麥。能不能也告訴我妳的名字呢？」

「小麥？」她偏著頭，稍稍蹙起了雙眉。

「是啊，我哥哥叫大麥。這是很普通的名字，在我們村裡，就有快十個人叫作小麥。」

「知道了，我會記住。我的名字是白硯。」

「白什麼？」

好特別的名字，一時之間我竟沒有辦法聯想到任何東西。

「手伸出來。」

我照著她的話，攤開手心，她伸出食指，在我的手心用指尖比劃了一會兒。

「白色的白，硯臺的硯。白硯。」

「什麼是硯臺？」

「用來研磨、盛放墨水的工具。」

無論少女如何說明，沒見過的東西就是沒見過，就連她說的墨水是什麼我也不曉得。

「對不起。」我想，不能再繼續欺騙少女了。「我其實不是來看書的。」

她並沒有表露意外，只是注視著我。

「我待的拾荒隊被人襲擊，我和大家走散了。」

於是，我把昨天晚上的事告訴白硯。既然書是她所擁有的資產，那願意將其免費出借給我的

她肯定不是壞人，如此，我想我也不該對她有所隱瞞。

聽完我的故事，白硯仍舊保持沉默。諸如：辛苦了、真可憐……這些常見的安慰語句，她什麼也沒說，不過在我陳述這些事情時，她的目光一直停留在我身上。

告訴她這些又有什麼意義呢？接下來我就不知道還能說些什麼了。我漲紅著臉，像根木頭一樣佇在原位，一時麻痺的痛覺這才又從扭傷的腳踝傳來。

「受傷了？」

「只是小傷而已。」

白硯轉過身，離開房間。

與她的對話，猶如隔著一層薄紗，我總覺得我的話沒辦法完整傳進她耳裡，而她的一舉一動又讓我猜不透。

我仰起頭，天花板距離地面約有兩層樓的高度，還能看見二樓夾層的一隅，那裡同樣擺著大量的書櫃。

這麼大的地方，只有少女一個人住嗎？我心想，等白硯回來，一定要找她問清楚。

等待的時間並不長，當少女嬌小的身影再次出現在門邊時，她的手中還提著一口白色的箱子，箱子上有兩條紅線交叉的符號。

「讓我看看你的傷口。」

還沒等我回應，少女就在我面前蹲了下來。我嚇了一跳，不過很快恢復鎮定，將左邊的褲管捲起來。

原以為只是普通的扭傷，腳踝卻有一整塊皮都不見了，露出鮮紅的傷口，應該是在我墜河後被石頭磨破的。

「這裡有繃帶，可以替你包紮。」

她打開箱子，取出瓶罐，將棉花串在細竹棒上後，把深紅色的液體塗抹在我的傷口。

「這是什麼東西？是血嗎？」

「是碘酒。不這麼做，傷口會感染，感染的話，會死。」

「……明明是這麼小的傷口。」

「這些都是書上說的。」

接著，她將名為繃帶的白色布捆纏在我的腳踝上。

「……唔。」

一圈又一圈的繃帶纏在腳上，但不一會兒又鬆脫下來。白硯發出懊惱的聲音。

「綁不起來嗎？」

「再讓我試試。我還記得書裡面寫的綁法。」

不過，無論她怎麼嘗試，繃帶就是無法固定。

「讓我來吧。」

我看不下去了，雖然這是我第一次看到繃帶，可是這東西看起來和普通的布料沒有太大的差別，我以前也受過傷，多少還是知道處理傷口的方法。

「你的雙手很靈活呢。」看見我纏繞繃帶的樣子，白硯說。

「也有些事情不是非得看書才能學會。」

當我這麼回答時，眼角餘光瞥見白硯輕輕點了點頭。

我在位子上休息，窗外已經完全看不見太陽了。白硯點起蠟燭，在搖曳的微光下，我們兩人一起吃著魚肉罐頭。

「果然很好吃。」我說。

「你知道罐頭？」

「拾荒隊偶爾會在外面撿到這種裝在瓶罐裡的食物。罐頭，是這樣稱呼沒錯吧？」

「嗯。」

她小口小口吃著魚肉，我盯著她的臉，不由得看到出神。

「怎麼了嗎？」

「不……」果然盯著別人吃東西很失禮，為了化解尷尬，我順勢提出剛才的疑問：「妳一個人住在這裡嗎？」

「因為我是圖書館管理員。」她說。

「妳的家人呢？」

「不在了。」

白硯並沒有多談，於是我也沒有追問。我明白失去家人的感受，但也不想站在自以為是的角度說些多餘的話。

「所以只有我能守護這間圖書館。」說完，她輕輕地吐了口氣。

我不認為憑那嬌小的身軀，有辦法保護數量如此龐大的藏書，即便這些書對我們拾荒者而言只是垃圾也一樣。

我不是傻子。因為我也知道，比起書，獨居於此的少女恐怕更有價值。

2

「包含報章雜誌，這裡一共有一百二十五萬七千三百一十二本書。每一本書都按照分類陳列在對應的書架上，如果有需要，閱畢後請務必放回原位。」

白硯總是抱著書，坐在閱覽室角落的位置。平時她的雙眼絕對不會離開紙頁，只有我接近書櫃時，她才會盯著我看。她很在意我是否會把架上的順序弄亂。

但其實我只是想吸引她的注意而已。

從那天誤闖圖書館後，我就厚臉皮地在這裡住了下來。白天發揮拾荒者的本領，在城市廢墟裡搜索物資，日落後再回到圖書館休息。

白硯沒有趕我走，照她的說法，如果只是單純來借書的旅人是沒有藉口在這邊久待的，所以我想她應該不討厭我才是。

「罐頭雖然好吃，也會有吃完的一天。既然我住在這裡，就讓我貢獻一點心力吧。」我向她炫耀今天捕到的魚，有我一隻手臂這麼大，兩個人分食綽綽有餘。

「長得有點奇怪，不過這應該是鱸鰻吧？」她看了一眼，如此說道。

鱸鰻？魚就是魚，沒想到還跟我們一樣有自己的名字。

圖書館的中庭是一片種有花草和蔬菜的圃地，平常我就在那裡處理食材、清洗衣物。我一邊刮著魚鱗，一邊想著。

白硯是圖書館管理員，又一天到晚抱著書讀，圖書館裡的每本藏書她可能都看過了。即使是個連綁帶都纏不好的女孩，腦內所容納的知識，肯定也是我無法想像的。

回想我的人生，在加入拾荒隊之前都在農莊裡度過，每天在田裡插秧，或是把牛奶送去市集裡賣。這樣的人生日復一日、年復一年，即使有家人陪伴並不會感到不滿足，但回顧起來，好像沒有值得一提的地方。

如果人的一生也像一本書，那我過去積累的歲月，恐怕是一張張白紙。

當我告訴白硯，田裡的工作有多辛苦時，她說以前人曾有過許多發明，無論插秧、收割、去殼，都有相應的機械能處理，農夫只要負責操作這些機器就行了。

就連圖書館外的鐵塊，也是被稱為汽車的發明，相當於我們現在所使用的牛車，只是速度快上十幾倍。

她所說的一切都讓我聽得懵懵懂懂。昔日這座城市是長什麼樣子、那些商鋪有多豪華，她就好像曾經親眼見過似的，總是能說得十分生動。

我又想起那層薄紗，那層每次和她說話時就會出現的，看不見的薄紗。

她獨居在這座圖書館，即使我貿然闖入她的生活，這座圖書館依然如漂浮在汪洋中的島嶼一樣孤獨。

就連海洋的存在，我也是聽她轉述才知道的。

我不知道與她共度的生活讓我想起了什麼，可能是哥和嫂子在餐桌前悠閒聊天的光景，也有可能是姪子呀呀學語的叫聲，我不知道，就算白硯從未對我笑過，甚至連一丁點情緒都不曾宣洩在我身上。

當我察覺時，一切好像已經太遲了。

我想再跟她多說一點話。不是談論我自己的事，我們需要相同的語言，而那些語言記載在書裡。當她提到天文、物理或是歷史時，就算我沒辦法完全理解，至少也要能回上一兩句才行。

「那本書很難喔。」

看見我從架上取下一本書朝她走來，白硯說。

「那是一個叫齊克果的人寫的。在讀那本書之前，最好先有一點基礎。」

「是喔。」

我看著懷裡的書，那本書封什麼圖片也沒有，只寫著幾個我看不懂的文字，稍微翻開來，滿滿的墨水印立刻讓我頭暈腦脹。

「那裡面在說什麼？」

「對人生看法的一些探討，關於美學與道德的論證。」

「大概是因為我不識字，所以完全聽不懂妳在說什麼。」

「沒關係，讀書本來就是一種娛樂，只是為了讓自己開心而已，要是因此傷腦筋就不好了。」她說。「如果你對書有興趣，可以從圖畫多的繪本開始讀起。」

「繪本？」

白硯起身，從我身旁走過。我跟在她身後，走出閱覽室，一路往圖書館深處前進。

她在一排低矮書櫃前停下，書櫃前有幾張色彩繽紛的桌椅，是塑膠製的，經年累月，已經扭曲變形了。

她取下一本書，遞給我。

書的封面畫著三隻毛茸茸的生物，以及一個小女孩。

「這本書的書名是什麼？」

「金髮姑娘與三隻熊。」

她要我把書捧好，接著一頁一頁替我翻開。

「這是繪本，有很多圖畫。所以就算看不懂文字也沒有關係，只要有圖，你也能明白這本書在說什麼。」

我向她道謝，並帶著繪本回到閱覽室。

誠如白硯所說，繪本似乎是專門為了看不懂文字，或對文字不夠熟悉的讀者而生的。對比那個叫齊克果的人寫的書，《金髮姑娘與三隻熊》明顯有趣多了，每一頁都只有一兩句話說明。我就算無視那些文字，也能明白金髮姑娘擅闖三隻熊的家，還把人家家裡搞得一團亂。

「我讀完了。這三隻熊好可憐，那個小女孩實在太過分了，怎麼可以隨便跑進別人家裡，把人家的食物吃光，還把床弄壞呢？」

我還記得小熊發現自己的床壞掉時，傷心地流下淚來的樣子。如果我的理解沒有錯，金髮女孩最後甚至沒有受到任何懲罰，就此離去。

隨意奪取他人財物，對曾經身為拾荒者的我而言，是最要不得的行為。我又想起那晚營地被人襲擊的事，忍不住越說越生氣。

「這只是故事而已。」

白硯看著我說。在她那像冰一般凍結的面容上，我好像看見了些許的笑意。

「不過，會讓你那麼激動，就代表這本書很有趣吧。」

我擅自理解成那是她的笑容，這也是這段日子以來，我第一次看見她笑。

這就是書的魔力吧。

「我還能借其他本看嗎？」

白硯頷首道：「當然可以。」

繪本就像欣賞一幅幅畫作一樣。以前村裡也有人會擠壓採摘的莓果作畫，可是沒有一個人畫得像繪本一樣好，大家只是把果漿隨意塗抹到皮革上，無意義的線條根本稱不上是畫作。

所有繪本，大多都具有濃厚的幻想成分，有會說話的動物、會施展祕術的老太太或是糖果建成的房子。這只是故事而已，所以不需要計較細節，在繪本的世界裡，什麼事情都有可能發生。

我維持白天外出搜索資源，入夜返家讀書的作息。夏天時我們依賴燭台照明，冬天時則會生火，圍在火堆旁看書。

白硯的手中，似乎永遠會捧著一本書。她看書時不喜歡被打擾，所以我們很少交談，不過只要我和她聊起讀完的繪本，她一定會放下書本，認真地聽我發表感想。

對於該用什麼話題起頭，總是讓我傷透腦筋，但有了書，所有的隔閡都會被打破。每次只要一提及她自己的事，她總是草草帶過。起初我以為是有什麼難言之隱，後來才明白純粹是因為她一直都在圖書館生活，人生除了書本，再無其他回憶。

就算有一百二十五萬七千三百一十二本書相伴，她的過去……僅屬於她的過去，也不會比六頭牛、二十隻豬、一畝田豐富多少。

「妳想過要離開圖書館嗎？」

有一次我向她問道。那時我們坐在火堆前，她正在讀一本和金錢管理有關的書。

「圖書館管理員哪裡都不會去。」

「只是稍微出去走走看看而已，不會離開太久。我知道外面的世界很危險，但也有許多事物是在這座圖書館找不到的。」

白硯踟躕許久。我能理解她的顧忌，圖書館很安全，這裡除了書以外什麼也沒有，拾荒者不會浪費時間進來搜索，就連野獸也會被數百座書櫥弄得迷失方向，所以只要能活下去，白硯根本沒有理由踏出這裡一步。

可是，我有想與她一起目睹的風景。

「那好吧。」她說：「你開心就好。」

真的？初次約會的邀請比我想像中還順利。真的，她點了點頭。只是去看看，不會走遠的話就沒問題。

白硯趴在桌上睡著了，而我徹夜未眠。明明只是走出圖書館而已，既非旅行也非拾荒，只是隨意地散步，卻讓我十分緊張，好擔心我如果搞砸了，未來她就不會再陪我外出。

夜晚過去，黎明到來，白硯坐在不小心睡著的我身邊，正盯著我看。發現我醒了，她問道：「要走了嗎？」

我以笑容回應：「走吧。」

我不打算帶她走入廢墟，只要沿著前人留下來的路徑行走，應該不會遭遇什麼危險。我不需要帶上任何食物，就連飲用水也不必要。純粹是去家附近散步而已，舊時代的人會這麼做，我在繪本看過。

馬路兩側的燈柱東倒西歪，一群麻雀站在歪曲的路燈上。雖然已是白晝，天上的烏雲還是把大半的陽光都遮住了，呼出來的氣息好像結成白色的霜，那是百分之百的冬日早晨。

我和白硯都披上大衣，我走在前，她跟在後頭，我們一路走出城市廢墟。因為從未離開圖書館，她的體能比一般人還差，我不時要回過頭，確認她是否有跟上。

原本就如雪色般的肌膚，此刻看起來更加蒼白。

「累的話，我可以揹妳。」

「不用了。」她喘著氣說。「書上也說，多活動身體比較健康。」

「那妳還一天到晚窩在椅子上。」

「理想和現實是兩回事。」

我回到當初甦醒的那條河畔旁。河裡不時出現魚的影子，是鱸鰻嗎？也有可能是鮭魚，我沒辦法分辨這些魚的種類，到目前為止，能讀懂的書也僅限繪本而已，可是這些動物的名字我還是能透過白硯得知。

「有浮冰呢。」

白硯指著漂浮在河上的冰塊說。

我嚇了一跳，畢竟她很少主動開口。

「很久以前，這座城市冬天時不會像現在那麼寒冷，所以根本不知道這條河也有結冰的機會。」她說。

「那這就是書上沒寫的事情了。」

「是啊，偶爾也會有這種事。因為現在人不會寫書，所以近年來發生的事，全部都沒有文字紀錄。」

「為什麼不試著寫寫看呢？」我心生疑問。「像妳讀了許多書，應該也會有想把這些知識應用在某個地方上的念頭，對妳而言，寫書應該是最方便的了。」

「單純是因為看書比較有趣。」她想了想，接著說：「而且，寫作的技術已經消失了。就像路上的汽車或是電線桿一樣，這都是舊時代人的發明。」

「就算是舊時代的發明，但只要有書記載技術原理，我們應該也能透過模仿製造出來才對。商人們開的牛車還有建築用的磚塊，不都是因為有人找到製作方法，才成功生產的嗎？」

「是這樣沒錯。不過只有寫作……或者說創作是不同的。繪畫、詩詞、劇本、樂曲，這些東西就算了解原理，也沒辦法輕易製造出來。」

至於原因，白硯則沒有解釋。

但我想她的心意已經很明確了。這輩子她都不想提筆寫作，她想繼續扮演一位普通的讀者，一直留在圖書館看書。

她和我不一樣。

以一個根本看不懂多少文字的人而言，如此豪語實在太過狂妄，不過那卻是深埋於我心中的願望。在翻過圖書館內的繪本後，我夢想著將來有一天，自己也能做一本書。

因為能夠讓白硯笑的事物，就只有書而已。

我們在河堤邊坐了下來。不為了什麼，純粹是因為白硯累了，散步就是要隨心所欲，而我也只是想帶她出來看看外面的世界，僅此而已。

她的話依然不多，但寂靜也僅限於我們，潺潺的流水聲及樹上的蟲鳴鳥叫，時間依然流轉著。

「那裡有座城鎮呢。」我指著地平線彼方升起的炊煙說道。
「是啊。」
「妳知道？」
「知道，那裡盛產稻米。」
我猜想，那肯定是座相當古老的城市，古老到連圖書館的藏書都有記載它的故事。
她搖了搖頭。
「所有舊時代的城市肯定都已經化為廢墟了。那座城市的年代並不久遠，之所以知道，是因為過去每一任圖書館員都與那座城市的領主交好。館員出借典籍，換取食物與種子，圖書館才得以維持下去。」
難怪圖書館裡堆積了許多罐頭，更讓我意外的是這麼重要的事情，我到現在才知道。
「妳還說圖書館裡的書不能外借。」
「城主家是例外。這是祖先締結的古老約定，不會在我這一代斷絕。」
「可是我從來沒有看過城市的人來訪，妳也沒有走出圖書館過啊。」
依然是那平板的語氣，她的耳根子卻紅了。
「這……等時機到了，自然會有人來的。」
我好像明白了。由於父母早逝，相關的事務還來不及交代完畢，圖書館員的工作就落到白硯身上，許多事情她是從父母親口裡聽來的，詳細內容她其實並不了解。

「如果妳不喜歡出門，我可以代替妳去城裡。只要妳同意……同意我也以圖書館員的身分……」

「不。」

聽到她的答覆，我的心霎時間結凍了。

「我沒有不喜歡出門。」

她抱著屈起的雙腿，抬起頭望著天空。

在她所眺望的方向，烏雲已經散去，太陽高懸於一片湛藍之中。

3

冬天走後，春天來了，在那之後還有夏天與秋天。這是四季，但四季的分野並不明顯，溽暑難耐的夏天過了，隔日便迎來漫長的冬季，河川飄著流冰，一夜之間樹梢上的葉片全沒了，好像這個世界只存在晴天與陰天。

數十年來，皆是如此。只是過去的我不會質疑天氣，現在的我會。過去的我認為一切都是理所當然，現在的我則對這世界懷抱著不安與期盼。

因為變的人是我。

我的生活不再僅是外出拾荒與讀書了。

我得陪白硯一起到城裡見城主與那些貴族老爺，參與他們所舉辦的宴會，維繫兩個家族友誼的約定。此外，我還得開始學習認字，因為要成為能和她比肩的圖書館員，不識字肯定會被人笑話，日子就這樣變得忙碌起來。

更重要的是，我和白硯有了孩子。

和哥哥的小孩不同，那是個女孩。起初從頭頂冒出的頭髮是和我一樣的黑色，但不久後黑髮就褪成了跟母親一樣的雪白。孩子很少哭鬧，望著我時的那對瞳孔也像寡言的母親，好似附了層薄霜通透。

當白硯抱著孩子時，我想起嫂子和姪子，兩人的長相在記憶中已變得模糊，可是我依稀還能聽見他們的笑聲。白硯和女兒也是，我沒聽見她們笑，卻能看見她臉上的笑容。那個曾經讓我苦思該如何才能討她歡心的女孩，卻因為懷中的孩子輕易笑了出來。我的心裡產生些許的妒意，又帶有幾分自豪。

因為那是我的孩子，而白硯是我的妻子。

「這孩子將來也會繼承圖書館管理員嗎？」

「隨她高興。」

我和白硯並肩坐在中庭的長椅上，望著女兒。女兒明明連路都還走不穩，卻已經會翻書了。她趴在地上，翻著我以前讀的繪本，那副超齡的模樣，實在讓人不好意思出聲打擾她。

「如果她喜歡書，那這間圖書館就是她的。如果她對書沒興趣，想出去旅行，我也不會阻止她……只要能健康平安，這比什麼都重要。」白硯說。

我笑了笑道：「妳這種說法，就是希望她留在圖書館，哪裡都別去。」

「或許吧。」

她點點頭。

「父母親沒有告訴我圖書館員的工作就過世了，其實他們有很多機會跟我說的，只是從來沒有提過。保護這裡的書、留在這間圖書館，都是我一廂情願的想法，和祖先、領主還有其他人沒有關係，就只是因為我喜歡書而已。」

我將手搭上她的肩，將她擁入懷裡。

白硯也變了，她有許多話想對孩子說，表情也因為孩子變得豐富起來。我相信她的心正在逐漸融化，很快，餘下殘雪也會消失。

我想為改變我們的孩子做點什麼，讓妻子也願意對我綻放一樣的笑容。

很久以前，在我剛接觸書本後不久，我便萌生製作一本書的想法。至今，這個念頭仍然沉積在我心中，我想是時候了，我可以像圖書館內的藏書、像這些作者一樣，讓我的女兒也閱讀我的著作。

女兒喜歡繪本，那我就從繪本開始著手。

我在城中的雜貨鋪裡購入空白的筆記本以及蠟筆。這些東西都是拾荒者們賤價出售給店家的，花不了多少錢。此外，由於擔心色彩不夠鮮豔，沒辦法討孩子喜歡，我又去染料鋪裡補了幾種顏色，還買了一綑豬毛充當畫筆。

材料備妥，接下來就要開始著手製作了。然而，挑戰才剛開始，如何將書頁上的空白填滿，一時之間，我竟毫無頭緒。

我獨自在圖書館的資訊室裡苦思，身旁堆著小山高的繪本。我原以為只要重新溫習過這些書，就能寫出和它們相同風格的故事，實際上遠不如我所想的那麼簡單。

白硯問我一個人在做什麼，我也只能告訴她自己在記錄糧食存量。我想給她驚喜，想讓她知道她所鍾愛的書本，我也有辦法書寫。

既然讀者是女兒，那就以小女孩作為故事的主角吧！我心一橫，決定不再考慮那麼多，只要提起筆，也許故事的靈感就會自己冒出來了。

那這個小女孩碰到了什麼事情呢？因為是以女兒作為藍本，我希望能碰到讓她開心的事，所以安排她走進一棟有熱騰騰濃湯和鬆軟軟床鋪的小屋，女孩不但在那裡飽餐一頓，還睡了一場好覺。

可是，故事不能這樣就結束了。我讀過和寫作相關的書籍，良好的故事必須包含起承轉合、三幕劇結構以及對立的衝突才行……不管這些是什麼意思，總之要營造故事的高潮，要替小女孩安排對應的敵人才行。

小女孩的敵人……那果然是熊了。森林裡沒有什麼生物比熊更危險了，牠們有壯碩的身軀和銳利的尖爪，別說是小女孩，就連大人遇到牠們也得趕快逃命。

無奈，我完全想不到讓小女孩打倒熊的方法，只好修改預想的情節。讓女孩在小屋裡吃飽喝足後回家，而那棟小屋，原來是森林裡棕熊一家的房子。這樣一來，小女孩不但戰勝了熊，還得到一個圓滿的結局。

我用心描繪繪本裡的每一張圖畫。從棕熊一家出門，到小女孩誤闖森林，小熊發現自己的床垮了，到最後女孩溜之大吉。每個細節都在我的腦海中逐漸成形，再藉由我的手，躍然於紙上。

完成後，我立刻跑去妻子身邊。雖然是給女兒的禮物，可是我希望第一個讀它的人是白硯。

「你畫得很好呢。」

妻子給出如此的評價。

「不管是小女孩或是熊都畫得很像繪本上的模樣。」

「因為這就是繪本啊。」我說。

「不是，我指的是《金髮姑娘與三隻熊》這本書。你不是照著那本書的內容畫的嗎？」

她的質問讓我一時間語塞。

才不是這樣，這本書是我為了女兒煞費苦心想出來的，就連故事的主角也和女兒一樣擁有一頭白髮，根本沒有什麼金髮姑娘。

「同樣都有熊登場這點是和那本書一樣沒錯，不過我也可以改成其他動物，妳覺得改成企鵝怎麼樣？這世上肯定沒有人能想到讓企鵝擔任反派的故事，對吧？」

「不是這個問題。」

白硯抬起頭，以悲哀的眼神望著我。

「就算換了動物、換了小女孩的髮色也一樣，這本書的情節跟《金髮姑娘與三隻熊》完全一樣。不相信的話，你可以回去翻翻，這是真的。」

我接過妻子遞回來的書，還是想不透到底哪裡做錯了。

「寫作的技術已經失傳了，這個世界不可能有人會寫書了。你和我去過城裡好多次，見過不少書商，他們每個人也都是這麼說的啊。」

「那是因為他們是商人！」我開口。「明明只要有書，就能再次重現那些舊時代的發明，為什麼唯獨書本身不行呢？怎麼可能有這種事！」

話說出口，我便感到後悔。夜已深，女兒肯定入睡了，我實在不希望吵醒她。

但妻子依然是那沉穩的態度。我的臉因為沮喪變得扭曲，可是她甚至連眼睛都沒眨一下，彷彿又回到了女兒出世前，那個如冰霜一樣的她。

「因為舊時代的發明也都是前人的足跡。無論我們多麼努力，還是只能製造出和以前人相似的贗品。所有事物都是一樣的，人類早就失去創造的能力了。」

這些話，肯定也是從她的父母或是那些旅行書商嘴裡聽來的吧。不過是少少數人的一己之見，就妄想代表全人類，我說什麼都不能接受。

我所做的這本書之所以會和《金髮姑娘與三隻熊》如此相像，純粹是因為我太喜歡那本書了，才會在無意識間挪用了書中的情節。只要再給我一次機會，重新構思一遍，我一定能夠創造出屬於自己的故事。

至此，我陷入與文字的鏖戰中。

白天我依然會為了家人外出尋找資源，或是與城裡的商賈斡旋，到了晚上，則一邊讀書一邊嘗試寫作。我的創作不再僅限於繪本，繪本的範圍太過狹隘，無論我怎麼構思，劇情總是會和以前人的作品重複。

我應該嘗試小說、嘗試作詩，這些純粹以文字呈現的創作，才能真正把我從前人的棺槨中拉起。

我記錄下窗外的景色，還有一天中所吃的食物，甚至是與妻女的對話。這是我生活的一部分，不屬於任何一個早已死在過去的名字，所以肯定是獨一無二的。

當然，這樣的東西還無法算是創作。比起創作，更像是清單，只是把每天發生的事情用不帶感情的文字紀錄下來，其價值恐怕比報紙上的徵人廣告還低。

因此我必須再替它增添內容才行。故事雛形已經有了，剩下的工作並不難，看見美麗的風景，就描述它有多美麗；吃到好吃的食物，就形容它有多好吃。所謂寫作的道理就是如此。

但這終究只是我的理想。

「這一整段話，和莎士比亞《十四行詩》第三十二首一模一樣。」

「這篇故事主角的性格、背景還有遭遇都跟《聊齋》第十一卷〈書痴〉沒有差別。」

「雖然說明得很清楚，但其實主角最後告訴讀者的話，就記錄在《時間簡史》裡。」

無論我提出怎樣的發想，白硯總能找到一本書澆熄我的熱忱。

我並不會因此感到不服氣，畢竟我是為了她而寫書。我是對自己感到沮喪，因為不管我怎麼嘗試，我所書寫的文字，必然都出自某本典籍中。

因為那些書，我習得文字，但也因為那些書，我無法創作屬於自己的故事。無數幽靈，屬於舊時代的幽靈，在我腦中遊蕩。

「就算沒辦法寫新書也沒關係啊，我反而希望你能陪我一起多聊聊圖書館的藏書。」

妻子的話刺痛著我的心扉，那就像是在告訴我，我永遠沒辦法透過自己的力量贏得她的笑容。

4

我的性格懦弱，可是一旦下定決心的事情就不會輕言放棄。那是我為數不多的優點之一，所以無論創作時遭遇何種挫折，我依然相信自己總有一天能完成著作。

一天，我因為和城主有約而前往城裡。待事情辦完後，我一個人走在繁華的街道上，一邊物色該帶什麼伴手禮回去給妻女。

「不好意思，先生，請問您是否有什麼煩惱呢？」

忽然，視野正前方出現一個穿著西服，皮膚黝黑的男人。小說裡常提到火車上會有販賣便當的小販，男人的胸前也掛了一模一樣的托盤，逢人就問對方：「是不是有什麼煩惱？」大概又是強迫推銷吧。往來的行人想法應該都跟我一樣，所以沒有人因此停下腳步。不過我才剛受到領主夫妻款待，還因此獲贈了一疊撲克牌，心情正好，出於好奇，我故意往男人的方向走去。

「啊！那邊那位兄弟，您來得正好。」果然，男人立刻注意到我，熱情地向我招呼道：「如果您的生活有什麼煩惱，請儘管告訴我，說不定有我可以幫上忙的地方喔！」

我心想，連一句話都還沒有說就斷定我有煩惱也太奇怪了，但正是這類噱頭才能引起像我這種人的好奇心。

「你說煩惱，那是任何煩惱都可以嗎？」

「是啊。如果是能解決的，我們就會盡力幫您解決，不能解決的，我也希望能聽您分享。如果能因此讓您心裡舒坦些，我就很開心了。」男人露出燦爛的笑容，同時向我伸出手。

「場面話就免了，告訴我你在賣什麼就行。」

我沒有回握那隻手。自女兒出生，十幾年來我花費許多時間和城裡人打交道，他們的思維我清楚得很，再甜蜜的笑容也藏不住口袋裡滲出的銅臭味。

「您誤會啦，這些可不是拿來賣的。」

他隨手抓起一綑膠帶，炫耀般地在我面前晃了晃。我這才注意到他的衣服上綁著好幾個齒輪，其中一邊耳垂上還鑲著螺帽。

「這些東西是我們教團利用最新發掘到的技術重現的遠古時代科技，有了它們，生活會變得很便利喔。兄弟，你如果生活上有碰到什麼讓人困擾的事情，這些工具搞不好都能夠派上用場。」

說著，他開始向我演示膠帶的用法。我是讀過書的人，當然知道什麼是膠帶，拾荒者偶爾也會在廢墟裡找到已經失去黏性的膠帶，並不是什麼多新穎的發明。

所以我也沒有把話悶在心裡。

「這不就是膠帶嗎？」

「啊？你知道膠帶嗎？」

「我讀過書。」

男人聽了，眼睛為之一亮，立刻握住我的手道：「真是太幸運了！在這座城裡竟然能遇到看得懂文字的人。我的名字是阿格拉，很榮幸能認識你！」

「阿格拉？」

一聽就知道不是尋常百姓的名字。這類風格的命名方式起源於一個遙遠，早已消亡的文明，不可能和男人的家族有關係。

「啊，正確來說這是我的法名。假設入了教，就要拋棄過去的一切，由司教大人重新命名，這是我們的規矩。」

「你說的宗教，是指佛教、基督教一類的東西嗎？」

「那是什麼？」自稱阿格拉的男人反問，不過很快又改口：「算了，我們不是那種來路不明的可疑組織。教團的大家都只是因為嚮往過去人類的生活，聚在一起的夥伴罷了。先生，您既然讀過書，應該也對舊時代的一切有所憧憬吧？」

「憧憬……」

拜妻子所賜，我確實讀了不少書，也理解人類的歷史，可是我並不會對自己不曾生活過的那個年代有所眷戀。因為現在的我很幸福，能與心愛的妻子和可愛的女兒安穩地住在圖書館裡，我不知道這樣的人生還有什麼好挑剔。

「無論您的答案是什麼都沒關係。先生，您是這座城市的居民嗎？」

「我住在城外，不過距離這裡不算太遠。」

「那太好了，其實最近我們教團會在城裡舉辦餐會。如果您有空的話，請務必參加。難得遇到能讀懂古老文獻的人，我還有許多事情想向您討教！」

阿格拉如此熱情，讓我也不好意思拒絕。他說餐會就在兩天後，會在市集附近的廣場前舉辦。

回到家，我向妻子轉告此事，妻子聽了說：「真是有趣的人。」

我也點頭表示同意。阿格拉既不曉得佛祖，也不知道耶穌基督是誰，他口中的教團，比起我所知的舊時代宗教，更像是某個神祕的同好組織。

不過，我也知道普通的同好組織是不可能有能力在城裡舉辦活動的。在他們背後，必然有商家或貴族的支持。

我躺在視聽室的沙發上，妻子和女兒都熟睡著。我一邊把玩阿格拉今天送給我的餞別禮一邊思考著。

那是個像油漆刷一樣的東西，不過滾筒上裝著具有黏性的紙張，只要透過這個發明，就能去除地上的灰塵。

「這東西的好處就是不需要電力，否則還有一種更強的工具，清潔效果更好。」明明都已經是年紀和我差不多的人了，阿格拉提起這些發明時，還像個小孩一樣手舞足蹈。

「你說的是吸塵器吧？」

「哇！原來那叫做吸塵器，您連名字都知道？」

是啊，我是知道沒錯。不過，別說是吸塵器了，我連手上這個油漆刷都做不出來。

比起只知道名字的我，能將留存於紙張上的古老科技復甦的你們不是更厲害嗎？

我還記得阿格拉剛見到我時，詢問我有什麼煩惱。

我的確是有煩惱，但我知道那煩惱就算說了你也幫不上忙，所以我才選擇閉口不言。

但如果……

只是如果……

夠了，不會這麼簡單的。

那和阿格拉認定的科技不一樣。如果這世界上有神，人類肯定早就被神奪去創造能力了，這是白硯告訴我的，我不相信。

但不是因為我真的不相信，而是我不可以相信。

我閉上眼睛，油漆刷的滾輪無異議地空轉著。

我還有想做的事，那是我的夢想，也可以說是我的遺憾。無論抱持怎樣的理由都好，我最後還是決定去阿格拉他們所舉辦的餐會看看。

當天一早，市集廣場前就已經擠滿了人。

五顏六色的帆布棚子被搭建起來，上面纏繞著電線與各式各樣的輸送管，管線本身互不相通，純粹是作為裝飾而設。

我看見幾個似曾相似的面孔，我們曾在城主舉辦的宴會上見過面。雖然彼此沒有深交，但我仍認出他們是城裡的地主。

衣著華美的他們，與其他平民百姓一起穿梭在這些布棚間，彼此間沒有絲毫隔閡，這副光景相當罕見。

一股香味撲鼻而來，我循著味道的來源走去，撞到別人肩膀的頻率也越來越高，我來到人群的最前端，看見木台架上，阿格拉正拿著沒有通電的麥克風，身旁的桌上還擺著一架電鍋。

「……各位朋友，作為一個旅人，我得承認從我第一眼看見它開始，我就愛上了這座美麗的城市。我很驚訝，在這廢土遍布的世界裡，竟然還有土地能種植出結實飽滿的稻米，這都得感謝領主大人將先祖的知識分享給我們，所以，我也想為這座可愛的城市做點什麼。」

說著，他打開鍋蓋。雲霧般的蒸氣立刻飄散而出，煮熟的米飯香讓在場的許多人都發出驚呼。

「現在，我很榮幸向大家介紹我們教團新挖到的遠古工藝品，有了它，就能將白米飯的美味提升到與過去完全不同的境界。各位兄弟姊妹，這或許是我們教團近年來最偉大的成就了，無論如何，請務必品嚐看看。」

「我說小哥，這飯一碗你是要賣多少錢啊？」台下一個青年舉手發問。

「錢？」阿格拉皺眉。「不，我們不打算跟各位收取一毛錢。我說了，我深愛著這座繁榮進步的城市，這是我能想到，回饋大家的最好方式——就是讓這裡的每個居民都能吃上一碗熱騰騰的白米飯。」

他的話一說完，掌聲旋即響起。在其他穿著僧袍的人指引下，人們紛紛前往講演台旁的長桌領取電鍋煮好的白米。

「用薪柴燒水煮飯的時代已經過去，掌握了這份科技，我們也能吃跟舊時代人一樣的美味食物。這些遺物不該是屬於我一個人，或是我們教團的，它應該與全人類共享。因為只有科技才能替人類找回過往的榮耀！」阿格拉慷慨激昂地說著。

無論男女老幼、無論貧富貴賤，那些在長桌前煮著白米飯的教團人員都一視同仁。如果有人想仗著自己的權勢多索討一些熱飯，那群教徒也不予理會，他們始終保持沉默，重複進行著洗米、烹煮、盛飯的動作，讓我想起百科全書上的工廠流水線。

「讓人印象深刻。」

餐會還在進行著，趁阿格拉走到後台休息時，我前去跟他搭話。他一見到我便立刻熱情地敞開雙臂道：「老師！」

「老師？」

「是啊，您是識字的人，也讀過許多書，自然是要稱呼您為老師了不是嗎？」

他實在過獎了。與妻子相比，我讀過的書僅僅是九牛一毛，再說，連一本書都寫不出來的人，又怎麼配得上老師這名號呢？

不過就算我如此反駁，阿格拉依然沒有改變對我的稱謂。

「當對方有我可以效法、學習的地方時，就可以稱為老師。我能看懂的字不多，但也很想知道教團收藏的典籍上寫了什麼，所以我最大的願望，即是像您一樣博學。」

「這就是孔夫子說的吧。」

「看吧。」阿格拉露齒而笑。「就說您是老師了。」

阿格拉說現在餐會有其他教眾主持，他可以稍事休息，便邀請我去附近的旅店喝酒聊天。

「其實剛才演示的發明，教團還有一些問題沒有弄清楚，所以想向您討教。除此之外，還有一個人我想介紹給老師認識。」

「也是你們教會的人嗎？」

「不，那個人沒有入教，當然，我們也完全尊重他的決定。畢竟長久以來他也相當支持我們的理想，許多記載古老技術原理的典籍就是透過他轉手予我們，才得以復興。」

「了不起。」我隨口應道。

「正因為對方也是個如老師一般博學的人，所以我想要是能讓你們見上一面，肯定能激發出許多驚人的靈感。」

真是太誇張了。

在心中感嘆的同時，阿格拉推開旅店的門。因為市集正在舉行活動，今天旅店顯得格外冷清，那些平常一早就窩在吧臺前買醉的人肯定都跑去蹭飯了。

除了角落靠窗的座位，一個男人正坐在那裡翻書，面前還擺著一杯炒米茶。

「書商先生！」

阿格拉招呼。他的熱情似乎是與生俱來的，他也不吝分送給與他往來的每一個人。

「你好，阿格拉。活動還順利嗎？」那名優雅的男士微笑道。

他身材消瘦、高挑，臉上沒有鬍鬚，穿著與教士相仿的大衣，一頭蓬亂的灰髮垂至肩膀，雙眼帶有某種渾然天成的冷漠。

「託您的福，很順利！每一台裝置都能成功運作，真是太好了！」

阿格拉興奮地說，接著才像想起我的存在，尷尬地笑了笑後，說道：「書商先生，他就是我向您提過的，那位飽覽群書的學者。老師，這位就是很支持我們教團的書商先生。」

私下奉承我也就罷了，我實在不希望阿格拉的話也讓別人對我產生錯誤的期待。我急忙解釋道自己並不是什麼學者，只是純粹能讀懂一些文字。

「客氣了，既然阿格拉稱呼您為老師，不知道我也沿用此稱呼是否妥當？我的名字是柯羅諾斯。」

「柯羅諾斯……」

「這名字不好記，對吧？這是有意為之的，能替人省去很多麻煩。」書商苦笑。「或者，您也可以叫我柯羅，隨您方便就好。」

「不，倒不會不好記，反而還覺得似曾相似。」

「那真是太好了。」書商一邊攪拌著手邊的茶碗，一邊說道。「可惜我沒有像阿格拉一般的宏願，過去的事已成定局，未來的事難以預料，即便末日來臨，我也只祈求有張鬆軟的床鋪能讓我睡個好覺。」

「書商先生說話就是這樣。」

阿格拉的嘴角正微微發顫，書商卻無視他，向我問道：「畢竟我們連現在是生是死都不曉得了，又何必瞻前顧後、自尋煩惱，是吧？」

「我懂。」我說。「時間。」

「請坐吧。」

書商舉起手，笑著邀請我們入席。

5

阿格拉的教團打算在城市建立永久據點，之前餐會上使用的電鍋也會被安置在教堂裡，讓有需要的市民能用它們煮飯。

「使用電鍋需要電力，但沒有穩定的電力來源一直都困擾著我們。如今這個問題能得到解決，一切都是老師的功勞。」

「你過獎了，我只是提供從書上看到的方法而已。」

需要電力，就要有能發電的方法。舊時代的人類擁有許多種發電方式，不過大多都會牽涉到複雜的科學原理，其中我唯一能理解的就是水力發電，畢竟水車擁有比書本更久遠的歷史。

「不過，我記得你們教堂附近沒有水源吧？這樣水車要怎麼運作呢？」

「這就不用擔心了。老師您也說過，只要水車能持續轉動就會有電力，那我們只要派人一直轉它不就行了嗎？這麼一想，事情就變得很簡單。我們只要切除那個人的額葉，讓他們不會感到疲倦，再用堅固的機械義肢取代他們的手腳。有他們在，完全不用擔心電鍋沒電。」

「你說的那些人——」

「都是我們的教友，而且只有最為虔誠的信徒才能被選上改造成機僕。你想想看，能和偉大的萬機神融為一體，這該是多麼榮耀的事啊！」

我實在很難認同，但阿格拉的神情是如此認真，我也沒辦法出言反駁。

接受改造，被剝奪感情，成為機器的一部分，對那些教徒而言真的是幸福嗎？

柯羅好像看出我心裡的想法，拍了拍我的肩膀道：「旅行途中我去過不少地方，有像這座城市一般的天堂，也有飢民與戰亂遍布的地獄。對那些在地獄中掙扎的人，奉獻同時也是尋求解脫的方式。」

「書商先生，您說得可真好。」

「只是鸚鵡學舌罷了。類似的語句，我想老師也已經看過很多了吧？」

「哪裡。」

柯羅說得對，犧牲的精神在舊時代的宗教典籍中都是種被頻繁提及的高貴情操。以我的個性，沒辦法像這些殉教者般狂熱，可是阿格拉所侍奉的教團，他們的教旨與價值觀卻與我的想法不謀而合。

只有科技才能替人類找回過往的榮耀。不僅是科技而已，還包含舊時代人的文化與思潮，只要我們理解得越多，就能越貼近過去。

屆時——

「到了。」

我站在圖書館前，向兩位朋友介紹。

「這裡就是圖書館，也是我的家。」

阿格拉的雙眼閃閃發光，柯羅也眨了眨眼睛，小聲地驚呼。

「老師，原來您住在這麼氣派的地方啊。」

我搔了搔臉頰，覺得有點不好意思。

「其實我應該早點告訴你們的。只是這些書……我的妻子相當寶貝它們，如果讓太多人知道這裡的存在，恐怕會引起一些麻煩。尤其兩位又和書有些淵源，所以……」

「您的決定很正確。」柯羅微微一笑。「換成是我，也會誓死守護這座寶庫，它的價值對我們而言，恐怕比都城領主的金庫還要貴重。不過作為一個書商，請容許我重申，我們和拾荒者最大的不同就是我們是商人，所有的交易都是透過買賣促成，無論對象，這也是我們應當恪守的鐵則與情操。」

「這是當然……而且隨著與兩位的交情越來越深，我也明白你們都是品行高潔的人，所以我才會邀請你們來家裡作客。」

阿格拉笑著說：「的確是承蒙老師好意了。老師的奉獻，想必萬機神都看在眼裡吧。」

兩人跟在我的身後，走進圖書館。三人穿梭在書櫃間，偶爾身後會傳來柯羅自言自語的聲音，不然大多時候都是阿格拉一個勁地吼叫。

我推開閱覽室的門，白硯還是如往常一樣坐在位子上看書。

「紫虛呢？」我向妻子問道。

她指著天花板，「睡覺。」接著看向我的兩位朋友，說：「但也可能醒了，拜你們所賜。」

阿格拉似乎沒聽出白硯正在挖苦他，神經大條地指著妻子說：「老師，您太太是個像人偶一般的美人呢！」

「阿格拉，小聲點，圖書館應該保持安靜。」我出聲提醒。

「是、是嗎？真不好意思……」

「找個時間要把牆上的規章重描一次才行。」

雖然表情沒有變化，我還是看得出來妻子因為突然的訪客略顯不悅。

不能初次見面就讓彼此留下壞印象。我向白硯介紹兩人，不過她完全不感興趣，這也沒辦法，阿格拉的個性和妻子南轅北轍。早知如此，我應該事先提醒那傢伙安靜點才對。

「雖然這是我們第一次見面，不過老師常提起您呢，白髮的圖書館員。」

我還在傷腦筋，柯羅就走到妻子面前，拉開椅子逕自坐了下來。

「老師？」

「那是我們稱呼他的方式。」

兩人一同看向我，妻子瞇起眼睛說：「所以你現在是老師了？」

「不然他們就得叫我小麥了。」我苦笑道。

妻子不曾呼喚過我的名字，所以這個名字如今也沒有任何意義。

「昔日的玫瑰只存在於它的名字之中。這句格言反覆出現在我喜愛的典籍中，現在我也想把

這句話送給老師。」

柯羅的話讓我一頭霧水，但妻子聽了卻抿起嘴唇，直望著他。

「他說你是書商。」妻子說。

「是旅行書商。」

「圖書館內的書一本都不會賣。」

「我知道，但就算是亞歷山大的圖書館，也替人類兜售夢想長達數千年之久。」

柯羅笑著，視線瞥向阿格拉的方向。

「而我這位朋友，不過是想向您借一個廉價的夢罷了。」

白硯闔上手裡的書，盯著阿格拉。「你是來借書的嗎？」

「啊、呃，對……」皮膚黝黑的友人嚇了一跳，匆匆回道。

「什麼樣的書？」

「和交通的發展有關，汽車或是火車，我聽說以前有這樣的發明，想知道運作的原理。據說只要有這些工具，來往各地花費的時間就會大幅縮短，這樣一來科技文明也——」

「跟我來。」

沒等阿格拉解釋完，白硯就跳下椅子往圖書館深處走去。

「……那就打擾了。」

兩人離開後，我立刻代替白硯向柯羅道歉。剛才她的態度對客人實在太過失禮。

「不必。」

柯羅將白硯剛才在讀的書拉到自己面前，看了一眼後跟我說：「夫人有著這時代所欠缺的特質，智慧。」

白硯確實比我聰明，讀過的書、掌握的文字也遠比我多，但僅憑簡短的交談，柯羅就有辦法如此斷言嗎？只怕這又是一番客套話了。

「我們不會是受歡迎的訪客，這可以理解。老師，這陣子您花費許多時間和我們待在一起，也替阿格拉的教團鞠躬盡瘁，也許就是這樣，才讓夫人覺得自己被冷落了。」

「柯羅，你擁有的知識總是讓我驚訝，不過自己的家人，我肯定是比你更清楚的。我的妻子是個書痴，比起丈夫，她更愛這座圖書館的一切。只有和她聊起跟書有關的話題時，她才願意多看我一眼。」

「您言重了，老師。」

「不，這是真的。這就是我們相處的模式，就算女兒出生了也沒有多大變化，要讓她開心比什麼都困難。」

「是嗎？」

「如果將來你安定下來，有了家室，說不定就可以理解我的感受了，柯羅。其實我真的不是你們所認為的那麼聰明的人。我之所以看書，最初只是為了和妻子說上話而已。」

「我知道。」

「你知道？」

「但那也沒什麼不好，不是嗎？我樂意與您往來，並不是單純看中您讀懂文字，同時我也欣賞您的個人特質。我的朋友。您深愛著您的家人，為了她們，您的確能付出一切。」

「柯羅……」

「我沒有家人，曾經相處過一段時間的孩子也離開了。我不像您，沒有愛人的機會，所以無法理解您對家人抱持的情感，但我依然很敬佩您。」

「柯羅，我真的……」

無意識間，我捏緊了拳頭。

「阿格拉的神明，您不相信。因為古老的書籍不曾提及這位神祇，無法成為您與妻子的橋樑。可是教團的教義您是相信的，因為您的煩憂正是源自人類早已被剝奪的天賦，是吧？」

「……你怎麼知道？」

「曾有一次餐敘，您喝醉了，行囊裡的手稿灑了一地，替您整理時，我僭越讀了裡面的內容。那些文字曾出現在許多典籍中，不過我看得出來，您試著將它們轉化成自己的創作。」

「但我失敗了。」

「不是失敗，只是還沒有成功。」

我抬起頭，注視著柯羅的瞳孔。

他接著說：「這就是為什麼我願意與教團做生意，不單單只是以一個商人的身分，朋友。我們是讀過書的人，我們也知道許多教團的信條是多麼荒謬，但您得承認，他們的確是這片土地上，最接近過去的人。」

「我懂。」

我陷入長久的沉默，柯羅則開始翻閱妻子方才在讀的書。寬敞的閱覽室裡只留下書頁翻動的聲音。

當白硯帶著阿格拉回來時，已是日暮。

阿格拉笑容滿面地把厚厚一疊書放到桌上，全部都是有關舊時代交通工具的書籍。

「館員小姐，這些書我真的不能帶走，對吧？」

「一本都不行。」

面對阿格拉的燦爛笑容，妻子也僅是冷淡地回應。

「果然問幾次都一樣啊……不過，留在館內把書抄完就沒問題了吧？」說完，阿格拉不忘補上一句：「因為規定沒有禁止。」

白硯沉默不語，我知道她在猶豫，畢竟圖書館的規章是由祖先訂立的，身為館員的她不可能違抗。

最後，她語帶無奈地說道：「……紙筆請自備，注意不可以把書弄髒。」

「好耶！」

阿格拉捲起袖子，從行囊裡拿出好幾本筆記本和筆，明顯有備而來。

他搬過來的書，都快要跟一個成年人等高了，難道他想要在圖書館裡把所有書抄完嗎？再說，阿格拉是我們之中閱歷最淺的，許多文字他無法理解，只能一筆一畫像雕刻一樣慢慢寫，等他寫完，恐怕我和妻子都已經白髮垂首了。

當天深夜，柯羅已經回城，阿格拉依然在書桌前奮戰。我和妻子回到寢室，女兒睡眼惺忪地詢問我閱覽間的人是誰。

「對不起。」我向白硯道歉。「我沒想到那個人是認真的。」

妻子不發一語瞪著我，那視線讓人難受。

「不過，阿格拉的教團在做的事情真的很有意義。他抄寫這些書，也是希望能帶回去讓人重現汽車、火車這些發明。」

「那他的方法錯了。」妻子回道。

「錯了？」

「他挑的書太多了，沒有經過有系統地整理。他看懂的字又很有限，不管書上寫什麼他都會抄下來，就連版權頁都是。」

「所以他才要帶回去讓教團的人解碼。」

「解碼？」

「我是說解讀。」可能是因為和阿格拉相處太久，我的用詞也在不知不覺間被他感染了。

「事情沒有這麼簡單。有許多技術專門的書籍連我們都看不懂，這不是單純識不識字的問題而已，那個人只是在浪費時間。」

「白硯，這個世界遠比妳所想的還大。阿格拉自己可能辦不到，但外頭有數以千計的人正努力復興過去的文明，妳難道要說他們的努力都是徒勞嗎？」

「我沒有這麼說。」

「那妳就讓他繼續寫吧。明天我會去跟他談談，請他讓教團再派更多人手，這樣抄寫的速度應該也會快一些。」

「你還打算讓更多人進來？」

「讓民眾閱讀藏書，不就是圖書館設立的目的嗎？妳身為圖書館員，肯定比我還清楚吧。好不容易終於有人能發揮這些藏書的價值了，妳為什麼要阻止他們呢？」

「我沒有阻止他們，也沒有不准他們這樣做。」

「是啊，因為妳不會出面，妳要我自己去叫阿格拉滾蛋。」

「我……」

「不是嗎？」

「就算是那樣，我也是有理由的……」

「什麼理由？難道妳的理由會比阿格拉的理想還重要？」

「你真是個無藥可救的笨蛋。」

白硯低下頭，過了一陣子我才看見她的腿上出現斗大的淚珠。

淚水讓她的聲音變得模糊。我意識到自己一時衝動說錯了話，想安慰她，卻不知道該說什麼。

女兒依然熟睡著，妻子的哭聲脆弱到沒能讓她醒來。繼續留在室內令人難受，我幾乎快感到窒息。

最後，我推開門，走出房間。我的心像是被人抓住，狠狠糾結著一團，阿格拉還在抄書，筆尖摩擦紙面的聲音格外鮮明。

我想我得跟他談談，明天就跟他談。

6

「我知道了，老師。」

隔天，我告訴阿格拉，不能讓他一直待在這裡抄書。圖書館不是他的家，沒辦法二十四小時為他而開。

阿格拉聽了，點頭表示理解。

「其實我早就有心理準備了。書是很珍貴的東西，教團的每一本典籍，都是教友們花費大量金錢與時間才蒐集到的，我本來就不期待你們會免費把書借我，所以才問夫人能不能直接買下它們。」

「對不起。」

「不，老師。您不需要道歉，您和夫人一點錯都沒有，這是屬於你們的財產，本來就有權力決定要如何處置。您是我重要的朋友，所以我不想對您有所隱瞞，我是真的覺得很可惜，畢竟那些書……或許能改變這個世界。」

阿格拉揹著背包，和我並肩走在破敗的馬路上。沒辦法幫上教團的忙讓我很愧疚，那至少讓我盡地主之誼，送他回城裡的旅館。

「你還是可以隨時來這裡。」我說：「只是你昨天真的太努力了，白硯她大概是被你嚇到了，不然偶爾來這裡抄抄書，我想她也不會講話的。」

「承蒙您的好意，不過照這樣，一輩子也抄不完一本書的。再說，我昨天翻了幾頁，發現很多圖畫以人的雙手根本沒辦法繪製。哪怕我把整本書抄完，教團的解碼侍僧應該也無法識別吧！

所以真的不用放在心上了，老師，是我把事情想得太簡單了。」

昨晚白硯才說過似曾相似的話。

我們都把事情想得太簡單了，僅僅是抄寫經典而不思考、分析，是無法參透這些文字背後的涵義的。

阿格拉露出逞強的笑容，抹了抹鼻子。

「老師，我是真的很嚮往以前人的生活。您看看周遭這些車輛，雖然現在爬滿了青苔，不過在以前，人們就是搭乘這些工具來往各個城市的喔。我們用雙腿要走上一輩子的距離，他們可能不用一天的時間就到了。」

「是啊。」我說。「我知道。」

我也知道阿格拉那麼想發掘交通技術的理由為何。

因為車輛可以快速壓縮時間，讓遠在天邊的兩人也能輕鬆來到對方身邊。這意味著資訊傳播的速度也會加快，而資訊意味著知識，知識象徵技術。從古至今，文明的發展都和交通運輸脫不了關係，只要人類能重新掌握運輸，那其餘科技也會得以迅速發展。

如今關鍵握在我的手上，就封藏在我所居住的圖書館。

「老師，書商先生告訴我，其實您一直都有在寫作吧？」

大概是為了轉移話題，阿格拉突然說道。

「……算是吧。」

「真了不起啊，不愧是老師。我雖然懂的字不多，卻也滿喜歡看書的。有機會的話，老師的著作也讓我拜讀一下吧。」

「嗯，有機會的話。」

那些廢棄的原稿其實我一直都帶在身上。

這十多年來，我從未放棄過這個夢想。因為我知道只有這個方法，才能得到妻子……才能得到白硯的笑容。但我寫出來的文字卻都不是我的文字，白硯說，我只是在抄寫前人的作品。柯羅說，我正在嘗試將它轉化成自己的故事。

那阿格拉會怎麼說呢？

「阿格拉。」

「怎麼了？老師。」

「你認為，這世界上有什麼技術，是即便讀了書也沒辦法學會的嗎？」

「什麼技術……」

阿格拉扶著下巴，面色凝重地思考著，然後他反問道：

「真的……有這種技術嗎？」

「我的妻子說人類已經失去創造的能力了，所以所有事物都只是在複製舊時代人的心血結晶。

像是小說、詩歌、繪畫……這些東西，我們已經沒有能力再製造出來了。」

「這是真的嗎？」

我聳肩。

以前的我會堅決否認，但現在的我不會這麼做了。

「我倒不這麼認為。」

阿格拉用清楚的口吻說。

「創造的能力，我相信是神賦予每個人的禮物。現在我們之所以無法創造，是因為我們還沒有達到神明對我們的期待。老師，我不知道過去導致文明毀滅的浩劫是如何發生的，但並不是所有東西都被摧毀了啊，您所擁有的藏書，就是最好的證明。神要我們利用這些餽贈，將人類文明再帶回過往的輝煌時代，絕大多數的著作，都是在文明進步後才誕生的，對吧？所以只要我們能過上和以前人一樣富足的生活，相信您所說的小說、詩歌以及繪畫，一定會像被雨淋過的竹筍一樣冒出來的。」

「雨後春筍。」

「是啊，我就是這個意思。」

阿格拉爽朗地笑了。

那是不帶有任何陰霾，僅懷抱著希望的真誠笑容。

「我明白了，阿格拉，謝謝你。」我說。

「老師您是在謝什麼啊？」

「多虧你，我好像想通了。」

阿格拉狐疑地看著我，不過我也不打算多解釋。純粹只是想感謝這位朋友，提醒了我這麼多年來一直沒有領悟的事。

白硯，我深愛的白硯，也許她是我所認識最聰明的人。可是一輩子都只想當一個普通讀者的人，又怎麼能理解想提筆創作的人的想法呢？所以她當然會說人類已經失去了創作的能力，因為從她出生以來，她所接觸的典籍全部都是出自舊時代人類之手。

實際上神明從未剝奪人類的創意。

只是在這個荒蕪的時代，創意也是如石油礦藏一般深埋於地底的資產。當人們都在為了生活傷腦筋時，自然不會有心力創作。直到過去所成就的輝煌再度回到人們身邊時，人類才會再次提筆著述、作畫。

只有科技才能替人類找回過去的榮耀。

和阿格拉分手後，我走出旅館，迎面而來，正好是另一張熟悉的臉孔。

「柯羅。」

「老師，您有事來城裡？」溫文儒雅的書商露出淺淺的笑容。

「我送阿格拉回來。我和妻子起了點衝突，總之……沒辦法讓他在那裡抄書了。」
「那還真是可惜。」
我原以為柯羅的立場和阿格拉相似，應該多少會感到遺憾，沒想到他的笑意卻變得更加深沉。
「我想你的妻子也有她的考量。無論如何，還是請以家人為重吧。」
「我知道。」
我說。
「可是阿格拉說得沒錯，人類文明的快速發展，都要仰賴交通技術的革新。」
「嗯？」
「如果只因為白硯阻止，就讓教團失去發掘這項技術的機會，那我們一家不就成了阻礙人類進步的罪人了嗎？」
「不要這麼想，老師，您沒有錯。」
「可是——」
「您不能因為籠中的鳥兒從未在天空中翱翔，就斷言牠們不幸福。真正的不幸，應當是將關押牠的籠子，擺在看得見藍天的窗前。」
柯羅將食指輕輕放在唇瓣上，他刻意壓低聲音，就像正準備分享祕密。
「告訴我，老師，您在想什麼？」

「我……」

我在想——

「我在想那些書，或許應該奉獻給教團……」

「理由我已經知道了。那該怎麼做？」

該怎麼做？

白硯她很寶貝館內的每一本書，所以不可能會願意出售。那趁她不注意時偷偷帶出來呢？可是架上每一本書都是由她親自整理，如果有書不見了，她肯定會發現，到時候我又該如何解釋？

該怎麼做。

方法。

我需要方法。

我得讓白硯知道，那些書不是不見，只是不會回來了，無論去了哪裡，那幾本書都不可能再回到圖書館，所以我需要有人替我奪走那些書，在我們兩個人面前。

我將想法斷斷續續地轉告柯羅，他滿意地點了點頭，臉上依然是那抹笑容。

「您找到方法了，但您有決心嗎？」

「決心……」

「請告訴我，老師。您不惜冒著讓妻子傷心的風險也要這麼做的理由，是什麼？」

「是……為了教團。」

「為了教團。那您又是為了什麼而幫助教團？」

「為了復興人類的文明。」

我說出來的每句話，都不像是出自我口。我就好像在聽一卷錄音帶，複讀出預先寫入的答案。

但書商只是不帶任何感情地繼續追問道：

「復興人類的文明有什麼好處？人類文明復興了，您的生活會迎來怎樣的改變？」

「如此一來，也許我就有辦法寫書了。」

「寫書。很接近了，老師，您離答案很接近了。最後，告訴我，您之所以寫書，是為了誰？」

「白硯。」我說。「我的妻子，我最愛的人，因為我希望她讀了我的書之後，也能愛上我。」

「是呢。您所做的一切，都只是為了她而已。就算會讓她傷心，您也是為了她的笑容令她悲傷，不是嗎？您沒有錯，只因為您深愛著她。」

柯羅將臂膀搭上我的肩，同時在我耳邊低語。

「我認識一些人，一群拾荒者。他們可以成為一批很好的演員，由我們撰寫劇本，請他們參與演出。不用擔心，您不需要真的書寫任何文字，您只需要確保舞台上的一切順利進行就可以了，這將會成為屬於您的創作。」

旅店內黃澄澄的光芒此時看起來有些刺眼，就像布景台前的燈光。

「我的……創作？你說的是真的嗎？」

「當然是真的。」

我的雙腿不聽使喚地跟隨著友人的腳步前進，他的聲音聽起來好遙遠。

「因為我們的生命，本來就是一齣戲啊。」

※關於《普通讀者》

維吉妮亞．吳爾夫於一九二五年首次彙整出版的隨筆集。不僅提及其對作者和作品的印象及觀察，同時也摻入許多隨興的個人觀點。

「關於閱讀最好的建議是，不要聽取任何建議。」本作就像吳爾夫針對閱讀所做的個人獨白，所設想的讀者是所有對閱讀有興趣的大眾，同時也是她自己。

「順從你的直覺，下自己的判斷，得到屬於自己的結論。」

5

冷凍艙裝置啟用當天，我來到紫虛房間，替她送上最後一頓早膳。

在機僕的協助下，她已經換上修士袍。白色的長髮被束在腦後，露出纖細的頸子。她垂下眼簾，如往常一般，就算我進門也不會出聲招呼，依然目不轉睛地盯著筆記本。

不同的是，這次她的手裡沒有握著筆，原本空白的紙頁早已被密密麻麻的文字填滿。

將餐盤放到她面前時，我順便問道：「已經抄完了嗎？」

「寫完了。」她糾正道。

「我還是不知道妳寫的是哪一本書。」

「是我在這趟旅程中所發生的事，我自己的故事。」

每次提起和書有關的話題，我只能重複問相同的問題，而她總是給我相仿的答案。她所說的寫作，就是我認知中的抄經。

我們對這個名詞的歧見，從我第一次看見她提筆時就存在了。一直以來，我都沒有嘗試理解，

〈玫瑰的名字〉（原著：安伯托．艾可）

她也不打算解釋。

但這是我最後一次替她送餐，也可能是我最後一次見到她。

「紫虛小姐，可以讓我看看妳寫的書嗎？」

她一言不發地將書遞給我。

我接過書，一面一面翻過，無論字數多寡、內容為何，我都盡可能維持恰到好處的翻頁頻率。因為我不懂文字，不管她寫了什麼我都無法識別，石墨留下來的痕跡甚至比不上指腹刮過書頁的觸感，那些歪七扭八的線條構成的幾何圖形，在我眼中和孩童無意識的塗鴉沒有兩樣。

不過我還是想在她面前翻閱這本書。

至少在最後，我想搞清楚寫作真正的意思。

「您說，這是旅途上發生的事。意思是這本書裡所寫的，都是真實發生過的事情？」

「不全然是，因為這是部小說，小說裡發生的情節可以與事實不符。」

「妳能舉個例子嗎？」

「例如在現實中死於火車爆炸的少年，到了小說的世界就可以被允許活下來。」

「您是指阿格拉號？」

我記得紫虛是那起事故唯一的生還者。教團至今仍在調查事故的原因，和背後是否有主使者存在，可惜以我的權限沒辦法得知更多的細節。

「可以是，也可以不是。故事裡的阿格拉號不是現實中的阿格拉號，所以主角搭上的也不是那輛被炸毀的火車。」

我感到困惑，覺得陷入文字遊戲的囹圄。

「但是與事實不符的故事，有什麼存在意義呢？」

「為了彌補現實的缺憾。」

「您是指主角少年死掉這件事？」

「如果那對我而言是缺憾，那我就會想辦法在故事中改變他的結局。」

「改變結局，就是您所說的寫作嗎？」

「不僅僅是結局而已，也有可能整篇故事都不是真的。只是因為我想到了這件事，所以把它用文字記錄下來。」

「意思是，這整件事都是在妳腦中發生的？」

「可以這麼說吧。」

我開始想像自己的腦內存在一個微縮世界，這個世界裡的人，住在名為黃泉八號的城市，他們每天六點起床，晚上十點睡覺，早晚各有一次禱告、午餐是植物纖維製成的肉、工作前必須先吟唱獻給萬機神的讚美詩……城裡的每個人都過著和我一樣的生活。

但我知道這是不可能的。

人的大腦是一個由神經與膠質細胞構成的器官，這裡面沒有城市、沒有劇場，就算剖開來也只會流出透明的腦隨液，根本什麼都找不到。

「你好像很困惑。」紫虛說。

「因為我沒辦法想像。您聽起來就像是在憑空捏造一個東西，那東西沒有來源，也沒有實體，而且沒辦法看見。」

「這就是寫作，或者說，創作。創作就是思考沒有呈現在肉眼前的事物，然後想辦法用任何形式將它傳達給其他人。」

「但是……」

「但是爸爸告訴你，人類已經被剝奪創造的能力了。對吧？」

紫虛已經猜到我要說什麼了。我點點頭。

「不過主教大人也告訴我，失去的一切正一點一滴地被找回來。透過尋找並重現這些科技的方式，人類遲早能恢復過去的繁榮……」

她來到窗前，百無聊賴地望著窗外煤煙四起的風景。

「也許吧。」

「我只是不想相信，不想變得跟他一樣而已，這就是我為什麼要寫下這些故事。我想向他證明不需要依靠以前的人，我們也有辦法創造屬於自己的東西。」

「是嗎……」

我沒辦法贊同紫虛的話。

我的觀點和主教一致，而且無論她說什麼，我的想法也不會改變，畢竟這是我加入科技教的原因，我不期待由現代人摸黑探索的未知未來，我只有勇氣踏上前人替我們鋪好的道路。如果同意紫虛，就等同否定我一直以來的信仰，我辦不到。

但相對的，我也不覺得紫虛說的有錯。就像科技教的高層總是為了教義的解釋，爭執不休一樣，本質上他們依然侍奉同一尊神明。我和紫虛的觀點也許不一樣，可是我們同樣對人類的未來抱持憧憬。

送給她的早餐我想她是不打算吃了。在我收拾餐點時，她一直望著窗外。

忽然，她問道：「你叫什麼名字？」

這也不是第一次了，所以我想都沒想地答道：「尼達洛斯。」

「我不是問法名，我想知道你的本名。」

「……本名？」

「是啊，在你加入教團前，原本的名字。你沒有忘記吧？」

「……小麥。」

「小麥？」她稍稍睜大眼睛。

從尼達洛斯變成小麥，這之間的落差讓我有點不好意思，吞吞吐吐地說：「因為我以前是種田的。」

「沒關係。」紫虛向我微笑道。「這其實是個好名字。」

「紫虛小姐……」

「最後能再請你幫我一個忙嗎？」

我深深低下頭。「請儘管吩咐。」

「我不知道還有沒有機會見到爸爸，所以想請你幫我把這本書交給他。」

「交給主教大人嗎？我明白了。」

我接過筆記本，小心地將它捧在懷裡。即使它不是任何一部科技教發掘的古老經典，內容也與現實世界沒有聯繫，但我想相信它是世界上獨一無二的存在。

因為紫虛說，它是創作。

6

三四三聖所，冷凍艙試驗場。

我換上了有別於教袍的白色大衣，大衣上還留有化學藥劑燒灼的孔洞。原本這是只有高等修士進行實驗時才能穿的服裝，但因為我也是參與計畫的一分子，自然被授予了這件儀式性的長袍。

和我同樣穿上白衣的人還有祇園，以及我們名義上的導師清水。由於太久沒有見到她，我已經快忘記她的長相了，唯獨那開口閉口都是萬機神的說話方式我大概一輩子也忘不掉。

在我們三人身後，則是本次實驗的主角，紫虛。

清水來到她面前，從懷中的羅盤裡沾了些機油，灑到紫虛身上，並開始祝唸禱文。

「妳來到黃泉八號，萬機神的城垛，亦是過往的繁榮輝煌。這裡有萬千機械，有紀錄失落文明與技術的殿堂，還有慈愛眾人的神與迷失在時間洪流中的靈魂。祂的僕人要侍奉祂，將編碼刻在他們的心臟上。黑夜與白晝不會再臨，因神尊用光芒照耀大地。爾願化做其血肉，成為永恆剎那間的沙數，受其牧養、為其拭淚。恩典歸於王座上的神，也歸於座下每一枚齒輪。」

紫虛閉緊雙眼，好讓機油不會濺到眼睛裡。我知道她本人並不打算反抗，但兩名機僕收到的命令是防止她逃跑，兩隻手臂被鉗子緊緊抓著，讓她連閃躲都有困難。

「承蒙萬機神保佑，讓我們再次聚首。紫虛姑娘，待會兒還請妳聽從兩位修士的指示，以確保機器順利運作。」

兩位修士就是指我和祇園，同時我們也是負責操作裝置的人。

按照科技教的儀軌，低階修士不可能有機會接觸尚未公開的科技，更別說操作。我和祇園能獲得這份殊榮，全仰賴天乙真慶主教和婆羅浮屠大導師欽點我們替他們代行。

通往庫房的大門緩慢開啟，儀式用的紅地毯映入我的視線。

在雙腳踏上地毯前，我告訴紫虛我已經把書交給主教了。紫虛點點頭，又和緩的笑容代替答謝。

我挺起腰桿，在清水的帶領下，我們穿過夾道，迎接我們的聖歌隊。

他們之中有將近半數的人已經接受改造手術，像機僕一樣在口腔裡安裝發聲用的喇叭，經過他們身邊時，歌聲久久不散去，就像環繞在我耳廓，熟悉的禱文透過機械化的咽喉，聽起來也變得陌生。

隊伍一路連綿至地毯另一端。寬敞的庫房裡多了好幾排座位，同時還設置緊急醫療站與消防應變小組，但室內的中心依然是那座兩米高的機械裝置。

獻給萬機神的頌歌依舊持續著。婆羅浮屠大導師和她麾下參與研究的教士團隊已經就座，在他們身後，還有各個修道院或典藏閣派來的祭司和智庫。

其中幾位導師曾替我們主持禮拜，在我還對教旨存有疑慮時，常請他們替我解惑，總是帶著虔誠和藹笑容的他們此刻也板起臉，注視著那座機器。

機器的前方，天乙真慶主教就站在那裡。他沒有因為今天的儀式更換穿著，那身長袍說明他依然是以主教的身分參與這場典禮。

那雙眼睛，就算看見自己的女兒也沒有表露一絲動搖。

來到裝置前，所有暴露的管線都已經被塞回機器裡，破損的地方也用防水膠帶重新修補，馬達的聲音從艙室的底座傳來，整台機器就像所有大型電子機具一樣微微發出震顫。

最初它留給我的印象是一口做工格外講究的棺材，這份印象到現在依然沒有太大變化。它與棺材最大的差別是艙蓋上的那一面小窗戶，然而在稍早的彩排中，艙室內的低溫已經讓霧氣和水珠凝結，沒辦法再看見艙室內的樣子了。

祇園操作艙室旁的控制板，幾個單調的電子音響起，當艙門打開的剎那，我聽見來賓席上發出興奮的叫好聲。

主教說出指令碼，機僕立刻鬆開鉗子，隨後他向紫虛伸出手，輕聲喚道她的名字。

「紫虛。」

紫虛沒有回答。

「我犯了許多錯，我也不奢望妳的原諒。」

像沒聽見一樣，只是踏著蹣跚的腳步走向敞開的艙室。

「但還是希望妳明白我做的一切並不是只為了教團。」

直到經過主教面前時，她停下腳步。

「就連現在這場儀式，其實都與教團無關。紫虛，我的女兒，失去白硯之後，妳是我唯一在乎的人了。」

天乙真慶刻意壓低聲線，只讓冷凍艙前的我們聽見。

「我知道妳會恨我，但這都是為了將妳從這可悲的世界拯救出來。外面世界的一百年，對妳而言將不過是一秒鐘，等妳醒來之後，一切肯定會變得不一樣。」

那戴著面罩的容貌彷彿蒙上了陰影。

「到了那個時候，無論妳的母親現在身處何方，人類的技術都一定有辦法帶她回來。即便屆時我已經不在了，妳們母女也能再團圓。這是我所能想到，對妳贖罪的方式。」

「爸爸，我請尼達洛斯轉交給你的書，你看過了嗎？」

一瞬間，我感受到教主的視線，一股惡寒直上我的背頸，但很快，壓迫感便隨著教主再次開口消失了。

「在這裡。」

他將手伸進大衣內側，從中取出那本筆記本。

「你看過了嗎？」紫虛再次問道。

「妳應該知道，這東西根本不是書。」

「會這麼回答，就代表你不打算翻開它。」

「我不翻開，是因為沒有意義。」教主以低沉的聲音說。「我知道這段日子以來妳都在寫這本書，但妳只是把以前的文字重複剪貼而已。紫虛，所有的創作與發明都不可能出現在這個已經死去的時代，妳還不明白嗎？那種東西——」

「那種東西就是創作，爸爸。你如果願意翻開那本書，哪怕幾分鐘的時間也好，你就會明白了。」

「明白什麼？明白神也從我女兒身上奪走了那些只留給舊時代人的天賦嗎？」

「明白媽媽不可能再回來了。」

紫虛打斷父親的話。

「因為那些都是我的故事。在尋找你的這段旅途中，我認識許多人、碰到許多事。有永遠不會死去的機器人，也有妄想復活死者的家族……是他們讓我知道被留下的痛苦，是他們讓我知道該如何珍惜重視的人。不管你多不想承認，那終究還是我的故事。」

主教沉默不語。

「爸爸，你應該要明白的。你原本可以成為最了解我的人，因為你和媽媽不一樣，你不只是一個讀者而已……明明你才是第一個提筆的人。」

提筆？紫虛的意思是教主也曾經嘗試過寫作嗎？可是，不斷提醒我人類無法再創造的人正是主教自己啊。

我的思緒紊亂，但我沒辦法介入父女間的對話，祇園、清水，無論是誰都不行。在這條紅毯上，僅有他們兩人能與彼此交談。

紫虛的臉上早已被淚水浸濕，主教的表情也因悲傷變得扭曲。

「別再說謊了，紫虛。我沒有寫下過任何東西，因為我很清楚我辦不到……」

「你寫給媽媽的書稿一直都放在地下書庫裡。就算你不肯承認那是你的故事，但媽媽也從來沒有把它們扔掉過。我只是想告訴你這件事而已，爸爸。」

「因為妳媽媽她不會扔掉任何一本書，我畫給妳的繪本、我寫給她的詩，她全部都知道那些圖畫、那些句子是出自哪一本書！」

天乙真慶忽然用盡渾身的力量喊道。

「因為就是白硯要我放棄的！是她親口告訴我，這世界上再也沒有人能創作了，是她用這句話告訴我，我一輩子也沒辦法贏得她的笑容！只要我還活在這個時代，我永遠永遠都……」

他的雙眼透著幽暗的光芒，跪在紫虛面前，如同我們向那不存在的神祇禱告一般。

紫虛俯視著父親，與抬起頭的主教四目相望。

「爸爸……」

她囁嚅似的問道。

「你為什麼會覺得媽沒有愛過你呢？」

我聽見那男人口裡發出同樣脆弱的呼聲。

主教在女兒面前屈下雙膝，讓那些前來觀禮的祭司與高層慌了手腳，兩名機僕收到命令，前來攙扶天乙真慶，但在他們伸出機械鉗之前，主教就先踉蹌地站起身。

筆記本仍緊握在他的手裡。

「紫虛，對不起。」

他輕聲說道。

「我已經沒辦法翻開這本書了。」

說完，他再度喊出一段指令碼。連同紫虛身後的兩名機僕在內，四名機僕忽然架住紫虛的雙臂，將她拖往冷凍艙室。

就算我知道要將紫虛送入冷凍艙是早晚的事，卻沒想到主教會採取這麼強硬的手段。一定有什麼辦法，原本莊嚴神聖的儀式不該用這種方式收場——我急忙上前想阻止那群機僕。

與我有同樣想法的還有祇園，我明白在那個當下，作為人類的感性已經凌駕於科技教賦予我們的理性。

在我的手碰到紫虛的瞬間，整個庫房暗了下來。

在伸手不見五指的空間裡，只有冷凍艙運轉的馬達聲特別鮮明。

緊急照明設備呢？我聽見有人這麼喊道，旋即類似的聲音此起彼落地出現。但這些聲音，乃至於這片黑暗都無法阻止儀式續行。

這台裝置被遺留在舊時代的醫療中心裡。但教團的人們發現它時依然能運作，意味著不需要依靠聖所的電力設備，冷凍艙也能自行供電。

於是，當電力重新恢復，室內再度籠罩於燈光之下時，儀式已經結束了。

冷凍艙的艙蓋已經密合，低溫造就的環境再度將裡外的世界隔絕，唯一能與外界產生聯繫的玻璃窗也被冰霜所覆滿。

在我即將失去意識的最後一刻前，我的視野被一團朦朧的白光所籠罩。

但我很清楚白光並不具備任何神性，純粹是因為機器運轉伴隨的低血壓所致。

萬機神並不存在。

只是因為人們相信祂必須存在。

這可能是我這輩子最後一次質疑科技教的教義，因為在往後，我將不會有任何迷惘。天乙真慶主教的預言成真了，我所有的疑問都已獲得解答，而且是由我自己給予自己答覆。

我追求的，從來都不是將靈魂與肉身奉獻給這位幻境中的神明，也不是發掘六尺之下的失落文明。

而是回到那個我未曾棲身的時代。

一百年後，人類文明將再度興盛的時代。

※關於《玫瑰的名字》

安伯托．艾可於一九八零年發表的犯罪小說，描述十四世紀一起發生在義大利修道院的神祕謀殺案。儘管內文充斥著神學、哲學及符號學與歷史考據等大量炫學要素，卻也成就本作與尋常推理作品的不同之處。

穿過樹蔭灑落的陽光打在狗背上，發著油亮的光芒。許久不見的小二子一看到我，熱情的那顆頭便迫不急待地舔遍我全身。

在鐵路封閉的情況下，把牠從那座醫療城市一路牽到黃泉八號來，需要耗費大量的時間與體力。就算是我也不得不放下尊嚴，向那位疑似患有腦部病變的修女道謝。

「不需要這麼客套，和小二子相處，比和有兩顆頭的你愉快多了。」穿著修女服的清水向我行了合十禮，露出燦爛的笑容。

「我沒有兩顆頭，而且這個玩笑對我而言有點冒犯了。」

「那真是太好了，這正是我的本意。畢竟我因為跑去替你牽狗，荒廢了至少半個月的教團日課和早午晚餐。」

「至少我有代替妳去替婆羅浮屠打雜。」

「母親對你讚譽有加，甚至希望名為『祇園』的修士能入贅到我們家。前面說的兩顆頭笑話是伏筆，如果你在這邊選擇接受，那我就會主動幫你報名機僕改造計畫，我會讓擁有兩顆頭的夫君獲得曬衣架級的尊榮禮遇。」

「我差一點就要被妳說服了。妳未來還會到處旅行傳教嗎？」

「傳播萬機神福音不是生涯規劃的一環，而是一種終身成就。」

「那就好，我可以想像妳的業績一定超讚。」

我也合起雙掌，向她致意。我敢肯定這個手勢肯定也是從以前的某個宗教抄來的。

清水走到貨台旁，向紫虛伸出沾滿機油的手。考慮到稍早前的經歷，我以為她會十分抗拒，沒想到紫虛很乾脆地回握住那烏漆抹黑的掌心。

「紫虛姑娘，妳沒事真是太好了。」

「託妳的福……」

收回前言，她只是在逞強。

「其實我也是到最後一刻才明白你們的計畫。」

「我的計畫？」清水偏著頭問。「不，我不知道什麼計畫喔。只是小氣書商要我做什麼我就做什麼，他就是這麼擅長欺負貧窮出家人的下三濫。」

為了維護自身名譽，我只好補充道：「妳口中的下三濫不僅把初版的《自然哲學的數學原理》送給一個連看字都有問題的修女，還附上一整套理查費曼的講義，我已經很久沒看過這麼笨的人了。」

但清水說得沒錯。

在成功把我弄進教團後，我還向她提出許多強人所難的要求，例如幫忙調查紫虛的下落以及三四三聖所的實驗。

為了接近紫虛和冷凍艙裝置，還請她把我安排在她母親手下做事。就連儀式中，最後那場如機械降神般的停電，都是她偷偷溜進電力房動手腳導致的。

當然，其中最重要的還是替我接小二子回來。

我拍拍狗頭，小二子有精神地「汪」了一聲。

「反正實驗也沒有失敗。那座裝置成功運作了不是嗎？證明這一切都在萬機神的安排之下。」清水愉快地說。

「是成功了沒錯……」

我明白紫虛的顧慮，畢竟她現在身處於此，就代表有人代替她進入冷凍艙。

「是那傢伙自己要求的，妳不用感到愧疚。」我說。「妳只要替他祈禱，一百年後的世界會如他所願就行了。」

「嗯……」

這句話同時也是對我自己說。

我也希望在我扮演教徒期間交到的這位朋友，能夠看見他所期望的未來。

一定會的。

世界正在悄悄改變，而且絕對不是循規蹈矩，沿著前人鋪好的路前進，狗車上的那個女孩就是最好的例子。

「我們該走了。」

我不認為紫虛的父親和科技教的人會發現冷凍艙內的真相，可是我沒有冒險的資本。

「意思是到該說再見的時候了嗎？」清水問。

「妳不說也沒差，反正我們肯定還會再見面。」

「期待這次與你的合作，能促成我與書商緊密的合作關係。」

「那還是別了吧。」我苦笑道。「別讓我成為自己最痛恨的人。」

依舊穿著僧袍的我們，乘著狗車，混入街上穿梭的人群中，就像是懷有些許的疙瘩般，我頻頻回頭確認，但清水只是站在修道院前朝我們揮手。

她的確沒有說再見，那一刻我忽然覺得自己能有這段孽緣也是種福氣。看來在這座城市度過的修道士生活也讓我腦內的齒輪開始鏽蝕了。

然後，我想起那個在臨別的最後，浮現在腦中的男人。

柯羅諾斯。

我的師傅。

那天晚上，在火車頭的我解開連結器後，我已做好赴死的準備。

時間已經不是重點，在所有控制桿都遭破壞、火車頭被塞滿炸彈的情況下，八分鐘與八十分鐘的結果都只有死路一條。

然而，當煤水車與車頭的距離越來越遠時，那個男人卻從煤炭堆上一躍而下，手裡仍握著那把沾染鮮血的傘。

「柯羅諾斯，你為什麼……」

「因為你希望活下來，對吧？」

我沒有回答，因為許多年前我就告訴過他答案，他也是因為知道我的答案不曾改變，才會拖著瀕死的身軀來到我身邊。

他或許讀過比我多上數十，甚至數百倍的典籍，可是他對我說的話其實永遠都只有那幾句在不停循環。

就像在提醒我那些曾讓我後悔的事。

就像在提醒我曾與他一起旅行的日子。

無論過了多少年，他永遠都會是那個壞事做盡，惹人生厭的男人。

不過，他仍然來到我身邊。

「我永遠都會押注在讓你活下來的那一邊。」

他將傘遞給我，並將我側身抱起。

我告訴他我還能走，相比起來，他才是真正不能貿然行動的人。

但他卻笑著跟我說，我不會看場合說話。

距離爆炸還有兩分鐘。

「過了前面的隧道後，會經過一座鐵橋，我們在那座鐵橋下車。」

「到那裡還有多久？」

「兩分鐘。」

「你認真？」

「為了故事張力，一定是兩分鐘。」

火車進入隧道了，在更加深沉的黑暗中，我默數拍子，默數一百二十秒，默數羊群一一跨過柵欄。

「萬一你的預感不幸成真——」

他笑著說。

「到時候，請記得為我們打傘。」

我用幾乎讓他難以呼吸的力道環抱住他的脖子，他交給我的傘則被我緊緊握在手心中。

直到月色照耀的山巒再度進入視野，炸彈倒數的讀秒聲也變得越來越清晰。

隨後，我閉上眼。感覺自己的身體正在失重，伴隨著炙熱的浪潮，燒灼著身體的每一個末梢。

這看似漫長的過程，卻僅發生在寥寥數秒間。

我對那晚最後的記憶，就在河水的沁涼滲入胸口後結束了。

結果，在訣別數年後再次與他見面，我依然沒有拿到那個人欠我的第三本書。

那是旅行書商的傳統。學徒出師的那天，師傅得送徒弟三本書。分別代表過去、現在和未來，「過去」是徒弟以前最喜歡的一本書，「現在」是徒弟當下最需要讀的書，「未來」則是師傅希望弟子將來能讀的書。

我低下頭，確認那東西沒有因為路面顛簸不小心掉出車外。爆炸的衝擊讓它幾乎只剩下殘破的骨架，除了我和他以外，恐怕沒有人知道它曾經是什麼。

師傅希望弟子未來能讀的書，我只拿到一把破傘。

既然紫虛沒有過問我在阿格拉號上是如何脫險，那這段可有可無的故事便可以從我的腦中刪除了。

可能在她的心中，我能不能活下來並不重要，只要她筆下的主角能活著就夠了。

當狗車離開黃泉八號，直到城市裡的煤煙也盡數從眼前消失後，後座的少女詢問我接下來要去哪裡。

畢竟她已經找到父親，旅行結束了。

「如果妳不急著回去，送妳回家前我想先到幾個地方轉轉。」我說。

「幾個地方？」

「當初我從妳家拿走好幾本書，現在我想把那些書買回來。」

「不需要也沒關係，因為已經說好了，那些書都歸你所有。」

「那我的決定就是帶它們回來，畢竟這是妳母親生前拚死守護的東西。」

狗車的影子在夕陽餘暉下被拉得細長，道途旁的鐵軌逐漸被雜草的生命力淹沒。

「而且，這次我想把那些書移到有守衛保護的城市，我打算在那裡開一間書店。」

「你不做旅行書商了嗎？」

「我還是會繼續旅行，只是要找個地方保存那些書而已。」

「就像圖書館一樣呢。」

「同時是圖書館也是書店，因為店裡只會賣屬於這個時代的書。」

「那樣很快就會倒閉了。」

「不要連店名都還沒決定，就先考慮倒閉的事好不好？」

我聽見她的笑聲。儘管我完全不覺得這句話有哪裡好笑，但這不是我第一次聽見紫虛笑。

一陣短暫的沉默後，身後傳來小聲的：「那就拜託你了。」

彼此彼此。我在心中回道。

因為該說這句話的人，是我才對。

即便往後的道途充滿未知與危險，即便這是個逐漸腐朽的世界，但我有預感，故事絕對不會在這個時代斷絕。

「萊柏里安。」

她小聲咕噥道。

「嗯？」

「店的名字，我想叫萊柏里安。」

「這是外文吧，是什麼意思？」

這次，她的聲音清楚地傳進我的耳中。

「圖書館員。」

—世紀末書商・完—

高寶書版集團
gobooks.com.tw

CP Capt CP007
世紀末書商03

作　　者　八千子
插　　畫　淺也井
責任編輯　陳凱筠
封面設計　林　檎
內頁排版　彭立瑋
企　　劃　方慧娟

發 行 人　朱凱蕾
出　　版　三日月書版股份有限公司
　　　　　Printed in Taiwan
地　　址　臺北市內湖區洲子街88號3樓
網　　址　www.gobooks.com.tw
電　　話　(02) 27992788
電　　郵　readers@gobooks.com.tw（讀者服務部）
傳　　真　出版部　(02) 27990909　行銷部 (02) 27993088
郵政劃撥　50404557
戶　　名　三日月書版股份有限公司
發　　行　英屬維京群島商高寶國際有限公司台灣分公司
　　　　　Global Group Holdings, Ltd.
初版日期　2022年3月

國家圖書館出版品預行編目(CIP)資料

世紀末書商/八千子著.-- 初版. -- 臺北市：三日月書版股份有限公司, 2022.01-
冊；　公分. --

ISBN 978-986-0774-70-2(第2冊：平裝). --
ISBN 978-986-0774-82-5(第3冊：平裝)

863.57　　110020925

三日月書版

三日月書版

GOBOOKS
& SITAK
GROUP©

GOBOOKS
& SITAK
GROUP©